U0523925

碰到茶喝茶
遇到饭吃饭

邱华栋——

著

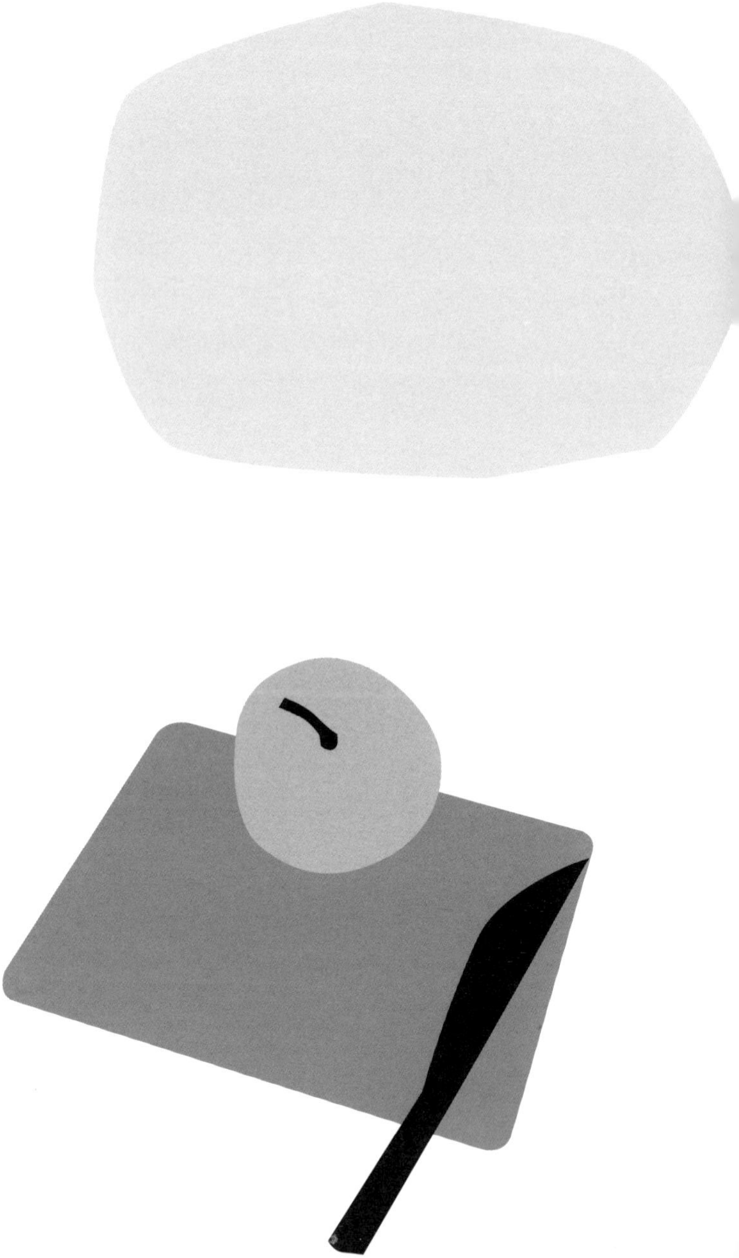

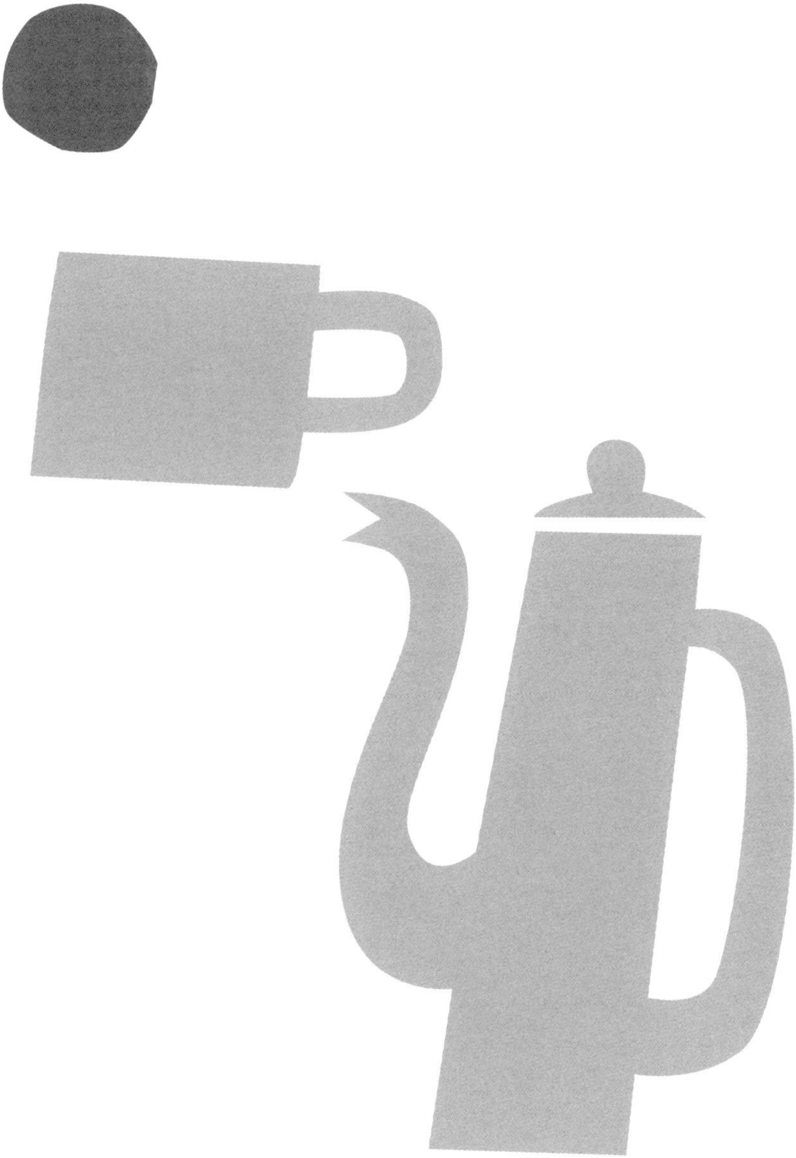

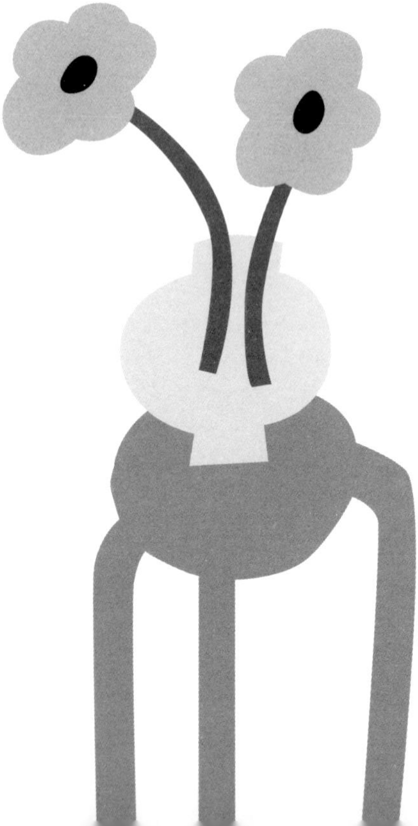

1

佛陀拈花，迦叶微笑
那朵花在哪里

2

碰到茶喝茶

遇到饭吃饭

3

空白是虚空,是空虚
是空,是白,是无色

4

得大自在

就是大自在

5

茶满了

茶杯空了,留有余香

茶又满了

6

一松开手
你就会在盐中会晤温暖的祖先

7

坦山临终前发出的信函中写道：
拙者即刻临终，特此通知

8

见山,是山,见山,不是山,又是山
又不是山,不是山,还是山
到底还是不是山?

9

我在古树下睡着 醒来不知
今夕是何年 何时春再至

10

强风吹起时

飞得最高的,是垃圾

11

水的外形,火的性别
点燃的是身体,无情而有情
酒,水,火——人,现出原形

12

银碗里盛雪
是禅
火炉上落雪
也是禅

13

楼兰,无楼,无兰
一片废墟。我无言

14

雁过无痕,人过无声
没踪迹

15

云还在移动
追赶它的箭已失踪

16

僧人问禅师焦休：我什么都不带去看你，你会如何？

焦休说：把它扔到地上。

僧人反驳说：我说了我什么都没有拿，扔什么？

焦休说：那么，你把它拿走吧。

17

花开不是为了招引蝴蝶
蝴蝶本意也不是为了寻花

18

路人请问,哪条路可以出山?

禅师答:跟着溪流走。

19

梁武帝问:我对面坐着的,是谁?
达摩说:不认识!

20

世间什么东西最贵?

死猫头。

为什么?

无人出价。

21

万里无云
明珠在掌

22

满目是青山
满心也是青山
我就是青山

23

小鱼吞大鱼?
你笑了
我便笑你了

24

好话不可说尽
福气不可都来

25

闪电再快,也能被我的目光追赶
雷声再响,而闪电已将它遗忘

26

人有心花盛开

花却无心凋落

27

我听到来了一场春雨,绵绵不绝
问:屋外是什么?
春雨答:雨 滴 声

28

万籁俱静，我听到了
内心的甘泉忽然奔涌，满盈
我热泪盈眶

29

花开花谢

水流云在

花开，花已不在

风吹云散

30

你在那里,或你不在那里
都不要紧。你住在我心里了

31

潜行密用无踪迹
最好谁都看不见你
沉默的光,发在生命内部

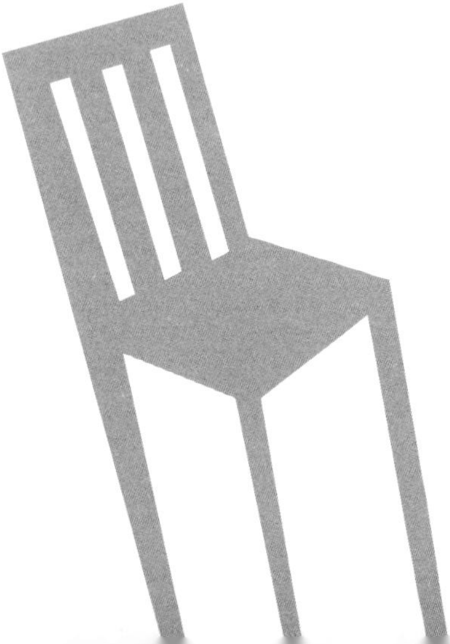

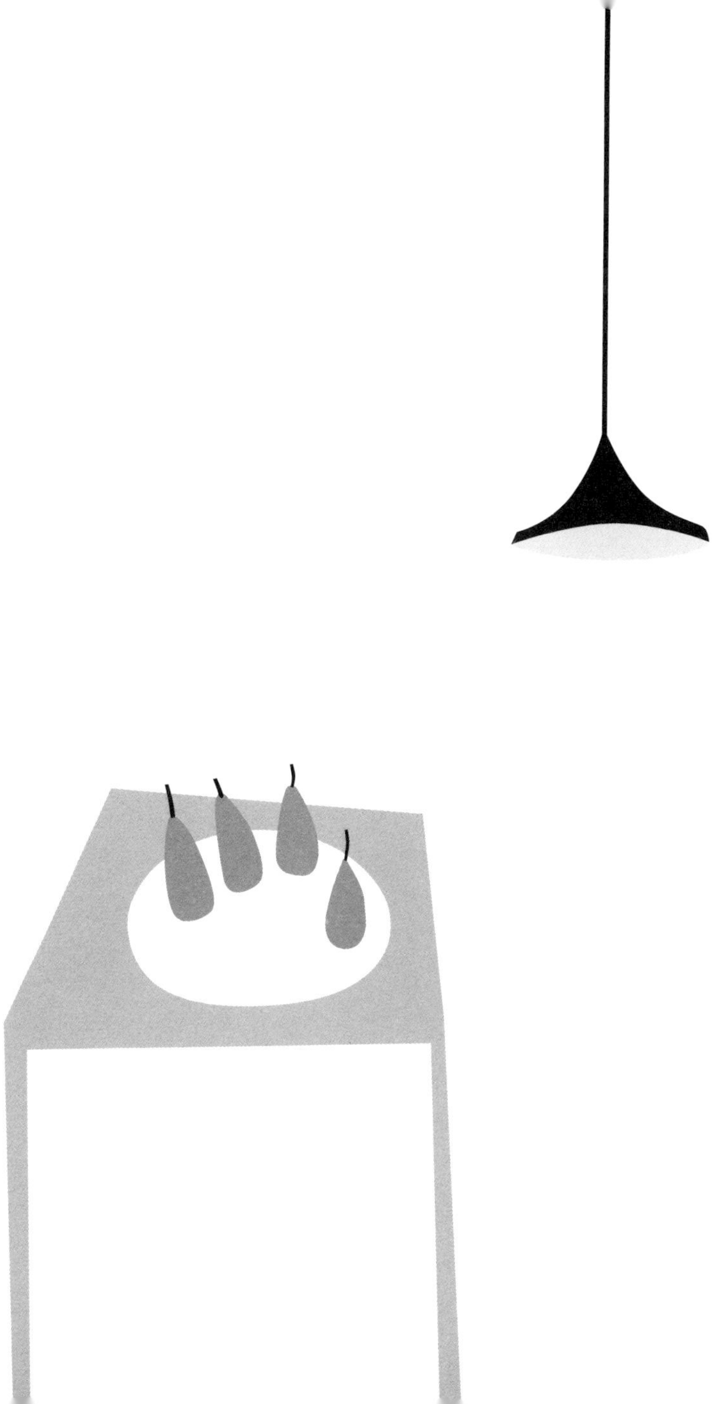

32

谁能
与天下人作荫凉?

33

百丈禅师找不到自己的农具
只好歇息,也不再吃饭
何故?答:一日不作,一日不食

34

天是天，地是地
壶中日月长

35

我坐在昆崙山顶
天上白云飘

36

有语而无语

无语而有语

看你怎么说

37

世界这么大
怎么可能只有七色袈裟

38

你吃我一棒

再吃我一棒

打的不是你,是我

39

你到哪里去?
风到哪里,我到哪里
假如没有风,你到哪里去?
脚到哪里,我就到哪里

40

风吹千里,千里同风
没有你

41

一条小鱼问大鱼：大海在哪里啊

大鱼说：海在你的身体里，也在你的身体外

你自己就是海啊

42

捂住耳朵,闭紧嘴巴
收紧肛门
就会无声无息

43

吃粥了吗

吃粥了

洗碗去!

44

睡觉好好去睡
就像要长眠不醒
醒来立即起床
就像扔掉一双旧鞋

45

你不再回来
我本身成为阴影

46

真相

在石头缝里沉默

青苔

是醒目的线索

47

心火盛，舌烂，背酸，脑袋疼
眼皮跳，气血不畅，神经衰弱
睡不着，心浮气躁，懒惰不想动
春困秋乏夏打盹，睡不醒的冬三月

48

人人从桥上走过
是桥流,水不流

49

是清风吹拂了明月
还是明月吹拂了清风?

50

去把一碗水

一滴不漏地

倒入另一个空碗

51

两只手掌可以拍出声音
一只手举起,你能听到雷鸣巨响吗

52

有水皆含月,无山不带云
卧月,眠云
青山白云父,白云青山儿
日走,夜眠
吃茶去

53

心随万境转
好事不如无

54

每一天不都是好天吗?
每一年的花不都是一样吗?

55

神光说：请安定我的心

达摩说：把心拿来！才可以安放

神光说：可我怎么也找不到啊

达摩说：能找到的就不是你的，我已经给你安好啦！

56

一花开五叶

结果自然成

57

请让我解脱束缚!
谁束缚了你?
没有人束缚我
既然无人,这便是解脱,何必再求?

58

眼睛不睡觉
所有的梦都会消失

59

远离人群的树
才能长得又高又直
成为栋材

60

一盏灯,能解除千年黑暗
心有善念,就产生智慧
一念智慧,能消灭万年愚蠢

61

应该这样捕鱼:
把钓到的鱼装进竹笼
放入河中
说:要走的就走,要留的便留

62

无所用心恰恰是在用心
长久用心恰恰是未曾用心

63

心就是禅

我就是佛

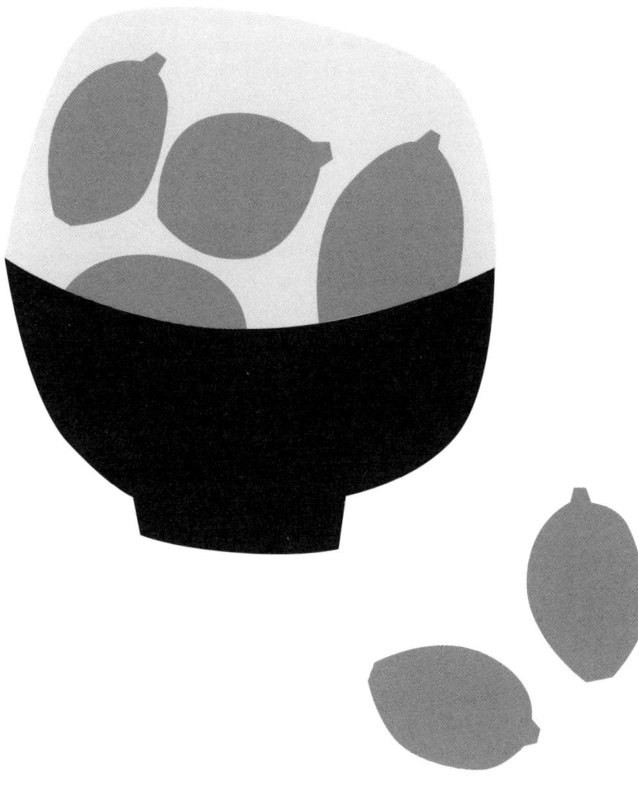

64

什么是道?

山上有鲤鱼,海底有飞尘

65

世相缤纷,千变万化
声色犬马,人欲横流
不看不听,就是没有

66

内心黑暗的融化
就像太阳升起时照在树上
一点影子都没有了

67

不生就是不灭

不来就是不去

不安定也不混乱

不取也不舍,不沉也不浮

68

问：什么是佛法真谛？
答：大米多少钱一斤？

69

问:你有什么宝贝给我?
答:我给了你,你去放在哪里呢?

70

你看见了天上的一片云吗?
看见了
那它是用钉子钉着的,还是悬空挂着的?
我没有看见那一片云

71

见道忘山的人,身在人群也很寂寥
见山忘道的人,隐居荒野也很喧闹

72

东湖里的水满了吗

没有啊

下了这么长时间的雨,还没有满?

73

我看见云散月出,朗声大笑
十东风里吹花开,人们纷纷问消息
原来只是我在山顶大笑

74

大道没有中心,何来主次?
长空没有边际,怎么称量?
空就是道

75

是大地托举着山峰,成就了山的高度
是陋石包裹着美玉,惜护着玉的纯洁

76

你能抓住虚空吗？
能，请抓住我的鼻子
可鼻子也是虚空啊
是，它本来就不存在

77

事物的真相是:
世界上没有和它相似的东西

78

快马只须一鞭子
爽快只须一句话
我只伸舌头,不说话

79

金属虽然珍贵
留在眼睛里也会得病

80

三宝是：佛、法、僧
也是：禾、麦、豆

81

春日鸡鸣,中秋犬吠

青山不碍白云飞

由它去

82

你倒在地上了
我也和你躺在一起
为了搀扶你

83

能说一丈,不如去做一尺
能说一尺,不如去做一寸

84

去说不能做的,去做不能说的

85

离开这躯体,去哪儿相见?
在不生不灭之处

86

满目眼光,万里不挂一片云
清净水中,风吹荷叶鱼自游

87

什么是一种法普遍滋润众生?

下雨啦!

88

怎样才能脱离生老病死?
青山本不动,只是浮云胡乱飞

89

如要使心明了，实在无心可以明了
不求明了的心，才是真的明了

90

假如君王有道,三面边疆都安定
何必辛苦修筑万里长城?

91

不要担心误事
天亮自然鸡鸣

92

壳在这里,蝉去了哪儿?
我拿着蝉蜕,在耳边摇动
口中发出蝉鸣:我在这儿

93

什么是达摩西来的旨意?
黄河没有一滴水,华山整个沉下去

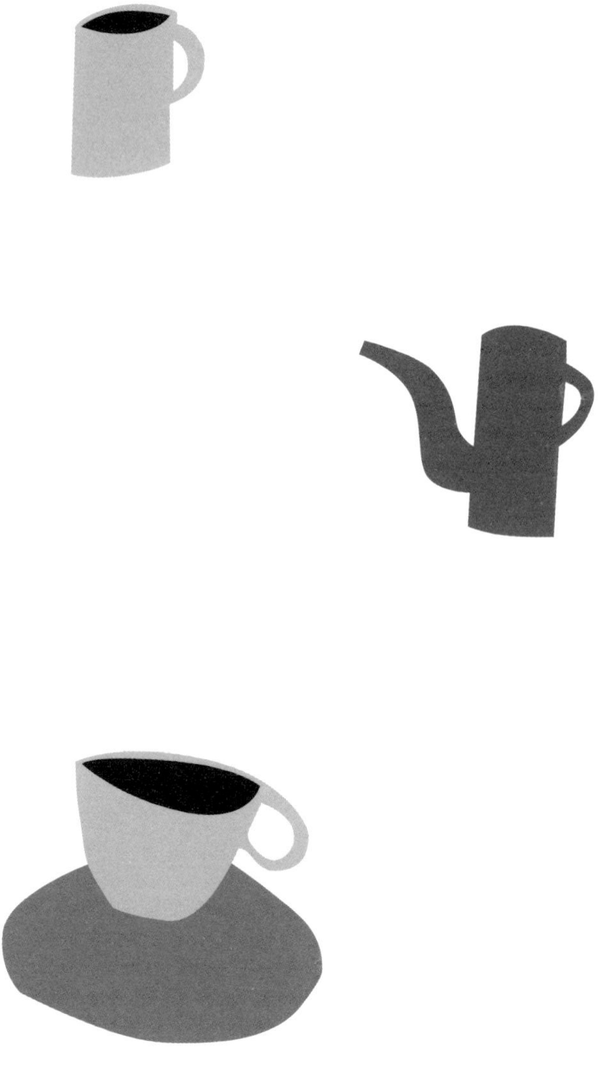

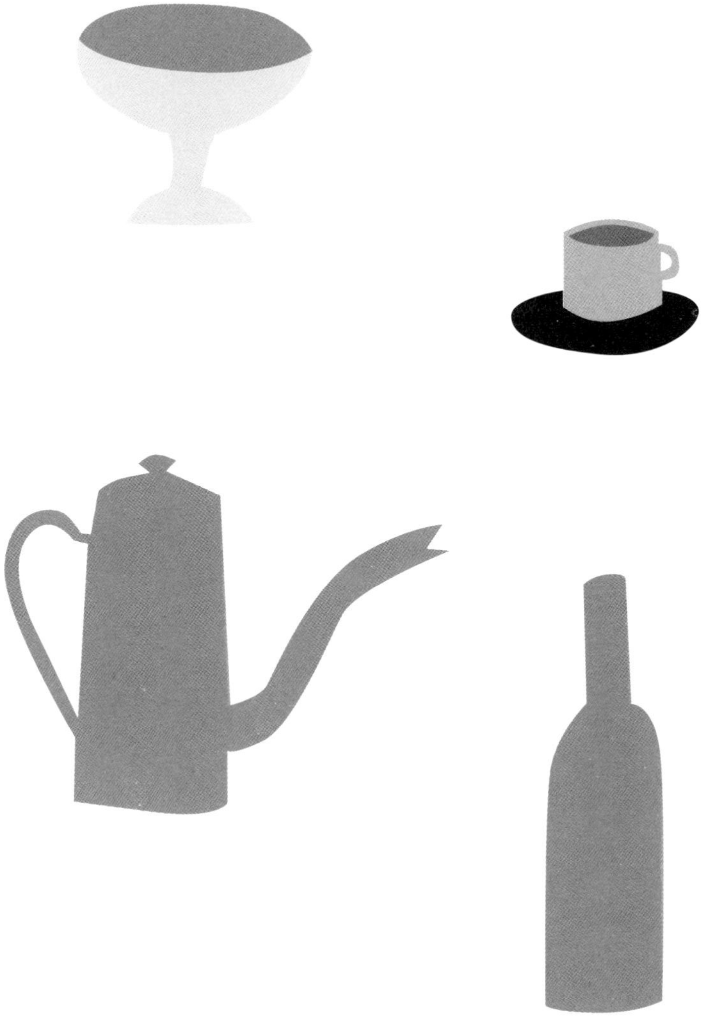

94

什么是禅?

虚空驾铁船,山顶涌波浪

铁狗对着石牛叫,树影看着月亮笑

95

脑袋在哪儿?
在自己身上

96

离开镜子,他就怎么也看不到自己了
以为有鬼迷惑而狂乱奔跑

97

月似弯弓

少雨多风

98

什么事最奇特?
火焰里开着牡丹花

99

混沌未分的时候什么样?

混沌

分开之后又怎么样呢?

混沌

100

夜半昆仑穿街过
午后乌鸡带雪飞

101

乡野老汉一起烧煮没有米的饭
溪水边聚集着很多不会来的人

102

什么是禅?

石头上的莲花,火焰里的泉水

103

什么是道?
泥人落水,木人打捞

104

四面是山你去哪儿

山高不遮野云飞

竹子虽密,不挡山溪流

105

什么是达摩西来的意思?
墙上画着枯松
蜜蜂找不到花蕊
木马背斜阳,隐入草原无踪迹

106

雪里的白面难以辨别
墨中的黑煤容易区分
如何是一色！

107

你去干什么

扫雪去

雪有多深

天上树上都是

108

没有春风花不发
花儿开了又凋落
矫健的骏马不挪寸步
迟钝的鸟儿疾速飞升

109

移动舟船熟悉水势

举起船桨辨别波涛

移动舟船不辨水势

举起船桨迷失方向

110

什么是自己?
望南看北斗!

111

夜里，静听屋后竹林流动的水声
白天，仰看面前山峰升起的云霭

112

瓶子满了倒不出来水
大地上没有饥饿的人

113

白牛吐出白色雪花

黑马骑上乌黑的鸡

114

檐头滴水

打破乾坤

万物寂静

115

佛也是尘

你能否一尘不染

116

花开满树红

花落万枝空

唯余一朵在

明日凋西风

117

舌头无骨

对牛弹琴

118

开口对,闭口错
轻舟短桨去过河
蓑衣斗笠任它破

119

敲击水面,鱼会头疼
穿越树林,宿鸟惊醒
昨见垂杨绿,今逢落叶黄
经过死人骨,疼不疼

120

阳春二三月,万物尽生发
芭蕉长高了多少
风是什么颜色

121

未悟透禅时如撞铁壁
一旦看透禅机,才知道
你自己就是铁壁

122

一粒微尘,能收纳整个大地
大家的耳朵在一个声音里谛听
一个声音遍布于大家的耳朵

123

若是冲天疾鹤
就应乘势飞腾

124

白鹭站在雪地里
明月下芦花摇曳
颜色同与不同？

125

没有绳索
就不用捆着自己了

126

能做栋梁的做栋梁

能做柱子的做柱子

127

白云门前这条路,
中间一块大方砖。
你来我往迈大步,
大家为何踩不着?

128

安居幽谷之中
耳目何等清净
秋风吹动古松
明月映入深涧

129

禅僧来到此地

还要在此求真

树上两只猴子

垂下四根尾巴

130

今年四十又八
圣凡都已斩杀
虽说不是英雄
攀援之路很滑

131

趁凉快

再去搬运一趟柴草吧

132

隔墙见角,可以确知是牛
隔墙见烟,可以确知有火
栖鸟鸣叫,那是报晓
早梅吐香,那是春天来到

133

挑雪填井

旁若无人

134

火,并不等到出太阳才热
风,也不等到出月亮才凉

135

鹤腿长，鸭腿短
松树直，荆棘弯
天鹅白，乌鸦黑
桩桩件件显露禅

136

别骑，你就是驴
整个大地也是驴
你怎么骑呢？

137

去年梅，今年柳
桃花红，梨花白
你看见了什么颜色

138

东村做驴,西村做马
要骑就骑,要下就下

139

只待雪消融
自然春草生

140

此心就是佛,没有别的佛
此佛就是心,没有别的心

141

拳头松开变成手掌

水面掀动形成波浪

只知做好事，别去问前程

142

一字进入公衙门
九条牛也拖不出

143

是不是"是",江水闪光如铺彩练
非不是"非",山花层层像叠锦绣

144

好比风吹水，天然成波纹

145

只要今日好
只要今日了

146

困了即眠

渴了,喝水!

附录：邱华栋禅诗创作谈

超然之思:在生活中发现禅意
——邱华栋禅诗阅读散记

蒋登科

回想起来,我开始阅读邱华栋的作品是很早之前的事了,至少开始于20世纪80年代末90年代初,我还在西南师范大学(现在的西南大学)读研究生的时候。记得有一个从事诗歌研究的朋友叫叶斌,他当时在广西师范大学读研究生,我们通过信件取得了联系。当时,诗歌界的"第三代"比较热门,但叶斌认为,其实第四代诗人已经开始走上诗坛,虽然还没有产生很大的影响,不过,经过一定时间的积淀和探索,他们肯定会成为诗歌创作的主力,因此他认为,在"第三代"

还处于热潮的时候，我们就应该关注第四代诗人了。他整理的名单中包括马萧萧、洪烛、邱华栋、葛红兵、南岛、曾冬、毛梦溪等等。我当时很佩服他对诗坛新现象的敏锐，对诗歌未来发展的思考。20世纪90年代初，我到了广西民族学院（现在的广西民族大学）工作，叶斌在广西人民出版社工作，时常有机会见面交流，他真的把第四代诗人诗选给编出来了，上面提到的诗人都有作品入选。那个时候，我就开始关注邱华栋的作品。在后来的一些文学活动、诗歌活动中，我和华栋有过多次见面交流的机会，因为这段经历，自然多了一份亲切感。他总是面带微笑，让人感觉他身上有一种天然的诗意的温暖。

由于诗歌多元化格局的出现，不同年龄、不同风格的诗人都在诗坛上找到了自己合适的位置，形成了各自独特的影响，以代际划分诗人、引领诗歌潮流的情况最终没有像80年代那样成为诗歌发展的主要方式，我们期待的第四代诗人也未能以群体的方式在诗歌界体现出自己的地位和影响。但是，这些从年轻时候就进入诗坛的诗人几乎都没有离开诗,他们以个体的诗歌探索为新诗艺术的发展做出了自己的成绩,当然也有人转向了其他文体的创作,或者在诗歌和其他文体上同时发力。

三十多年过去,邱华栋已经成为当代著名诗人、小说家、散文家。从武汉大学毕业之后,他先在报社工作,后来到了中国作家协会,担任过《人民文学》副主编、鲁迅文学院常务副院长、中国作家协会书记处书记等职务。令人高兴的是,他一直没有因为事务性的工作而放松诗歌和小说写作,成为同龄人中的佼佼者。几年前,我到武汉大学开会,在一个很大的室外电子屏上,见到上面正在播放宣传介绍各行业杰出校友的专题片,介绍、采访的文学界人士中就包括诗人洪烛、李少君、邱华栋等。

在很多读者那里,邱华栋可能主要是小说家、散文家,关注其诗歌的人不一定很多。实际上,在文学探索的初期,他是小说、诗歌同时用力。而在我看来,虽然相比于小说、散文所取得的成果,华栋的诗在数量上并不是很亮眼，但是，他对诗歌艺术的执着、他从诗歌探索中获得的人生与艺术思考，以及诗歌文体对语言、视角、内化等的重视，对他在其他文体的探索上取得自己独特的成绩，是有很大帮助的，使他形成了不同于其他作家的个人风格。我一直认为，从事过诗歌创作的作家，即使他后来的主要探索不在诗歌上，但他的非诗文本也会在骨子里打上诗歌的印记，形成自己独到的、带着诗味的艺术风格。

诗集《碰到茶喝茶　遇到饭吃饭》是邱华栋新近完成的一部诗集，多为2～5行的短诗，连题目都没有，只是进行了编号。按照诗人自己的说法，这些作品叫禅诗。禅诗不是一个新概念，在中国诗歌史上早有之。从起源看，禅诗是和佛教的禅宗有关的一种诗体，最初与念佛、参禅密切相关，主要是由禅宗之中的高僧大德创作，宣扬一些宗教教义、修禅方式、修炼目标等等，供修禅者学习、参悟，后来被一些诗人所借鉴，创作出了富含禅理、禅趣、禅意的诗词作品。在中国古代诗人中，创作禅诗的人很多，既有宗教人士，也有普通诗人，如寒山、拾得、王梵志、谢灵运、陶渊明、李白、杜甫、白居易、王维、孟浩然、苏轼、曹雪芹等；近现代以来的赵朴初、启功、真禅法师、周汝昌等，也创作了不少禅诗作品。在当代诗歌史上，洛夫、周梦蝶、沈奇、南北（王新民）等诗人也创作了一些禅诗作品。当然，谢灵运、陶渊明时代还没有禅宗之说，说他们创作了禅诗，其实有点勉强，但他们对自然的投入、尊重，以及由此获得的对人生的感悟，和后来的禅宗理念非常相似，至少可以把他们的一些作品称为"类禅诗"。邱华栋创作禅诗是对传统禅诗写作的一种延续和创新，也是他在诗歌艺术探索上的一种有益的尝试。

禅诗在题材上极为广泛，篇幅短小，其核心是要有禅意。所谓禅意，其实就是一种超然的人生态度，具有出世的特征。需要强调的是，出世不等于厌世、逃避。在很多时候，出世是一种人生态度，一种深入世界的方式。有人借用白居易的两首诗中的句子组成"心中别有欢喜事，向上应无快活人"作为座右铭，大意是说每个人都应该有自己的独特追求,拥有自己的"欢喜事",它可以带给生命向上的力量,但是在追求、实现"欢喜事"的过程中肯定是要付出的,有追求的人是做不了"快活人"的。心灵的旷达、愉悦与现实的艰难、付出相对应,形成了一种特殊人生态度和价值观念,其间包含着对"出世"的特殊理解。这其实也可以看作是对一些宗教理念的现实化、心灵化、诗意化。

传统的禅诗要么阐释禅宗理念,讲述参禅、修行的道理和方式,要么抒写诗人在经历人生艰难、曲折之后的心态,都具有自我净化、自我抚慰、自我超越的意味。邱华栋阅读过大量的禅宗经典,如《坛经》《景德传灯录》《祖堂集》《五灯会元》《宗镜录》《碧岩录》《禅宗无门关》等,也阅读过很多国内外专家研究禅宗的成果,他的禅诗和禅宗理念与传统禅诗肯定存在一定的关联,也和传统的人生态度、价值观念具有一定的联系,但他的目的并不是张扬禅宗思想,而是以诗的方式抒写自己的情感、思想。更主要的是,邱华栋的禅诗大多数都关注现实，从现实生活中发现和表达超越物质的精神感受、人生境界，是一种比较典型的"生活禅"，就是从具体的生活之中感悟、提升的现代人的人生哲学，因而具有明显的生活化特征，涉及的范围不受传统的禅宗理念、禅诗的影响，而是更为宽泛，更为开阔。

邱华栋的禅诗在一定程度上延续了传统禅诗的基本理念、基本取向，结合了自己的人生阅历、人生思考对历史、现实、人生、未来进行了多方位打量，并经过自我熔炼、反思、选择，最终形成了属于自己的人生感悟，其主要取向是以诗的方式清洗可能存在的生命的拖累、污渍，净化心灵，提升生命的品质。在当下物欲比较流行的社会氛围中，这是一种具有诗学价值的探索，可以使人找到明确的精神方向，而不至于在物质的诱惑之中迷失；可以使人的精神世界得到净化和提升；可以使人克制欲望，时时以艺术的方式、精神的方式警醒自己，引导自己成为一个干净的人、纯粹的人，而不为外在世界所左右，尤其是不为物质欲望所左右。还有另外一个层面的意味也值得关注，就是传统美德中的随遇而安，尤其是在物质享乐方面，要善于自我节制，不能因为物欲而放松自我修养、自我追求，以免污染干净的人生。

在艺术表达上，邱华栋的禅诗借鉴了传统禅诗的一些艺术手法，也有自己的独到摸索。

一是篇幅短小，点到为止，不把自己所体会到的体验、思考、感悟全部说出来，比如"茶满了／茶杯空了，留有余香／茶又满了"，具体的"茶满"和空杯的"余香"相互交织，形成了诗人对不同的"满"的状态的理解；"强风吹起时／飞得最高的，是垃圾"，这样的诗既有传统意味，更有现代意味。仅仅两三行，或者三五行，诗人就写出了对某些现象的思考，甚至蕴含了对人生、现实的思考，读起来余韵悠长。我个人一直比较喜欢短诗。诗歌是情感的载体，如果篇幅太长，或者需要很长的时间才能写出来，其间一定会经历情绪、情感、思想的各种变化，作品就可能存在情绪断裂、错位等情况，或者就会以较多的叙事性元素进行填补。从气韵贯通的层面讲，存在断裂、错位等情形的诗，在一定程度上是缺乏整一性、整体性的。当然，我并不是反对长诗，很多长诗是由系列短诗组成的，各章节、部分之间的关联、整体结构的设计、表达内涵的规划、情感体验的推进等等，需要另一个层面的"技术路线"。

二是注意留白，追求含蓄蕴藉的美学张力，有时只点出现象或事实本身，而自己的世界观、人生观、价值观则融合其中，比如"水的外形，火的性别／点燃的是身体，无情而有情／酒，水，火——人，现出原形"，诗人借助"水""火""酒"的关系，写出了人的本质；"楼兰，无楼，无兰／一片废墟。我无言"，借助对"楼兰"二字的解读，想到了"楼""兰"——这些由地名生发出来的意象既体现了一种艺术上的机智，又都是对精神的思考，于是面对"一片废墟"时，"我无言"成为作者的真实感受；"花开不是为了招引蝴蝶／蝴蝶本意也不是为了寻花"，这是事实，也是剖开现象而获得的本质，诗人的表达好像说话一样简单，但是这种"简单"的背后却包含着深刻的"复杂";"梁武帝问:我对面坐着的,是谁?／达摩说:不认识!"自己不认识自己,表面上好像超出人们的认知,但认真思考一下,在现实生活中,不能认识自己的人其实大有人在,有的不自知,有的是忘我,二者的境界当然相差很大。这些作品写的好像都是外在的物象或者事件,但组合在一起,实际上写的是人,而这些现象背后的存在,也是作品中最关键的信息,其实都是隐藏起来的,需要读者反复阅读,反复思考,才会有所领悟,有所收获。

三是注重向内的抒写,以语言的方式透露人生的点滴秘密。诗人关注的主要是来自当下的现象、个人经历,以及由此引发的思考、感悟,和现实结合得较为紧密,其观念已经超越了传统的禅诗内涵。"好话不可说尽／福气不可都来","闪电再快,也能被我的目光追赶／雷声再响,而闪电已将它遗忘","花开花谢／水流云在／花开,花已不在／风吹云散","潜行密用无踪迹／最好谁都看不见你／沉默的光,发在生命内部","有语而无语／无语而有语／看你怎么说"，"真相／在石头缝里沉默／青苔／是醒目的线索"，"人人从桥上走过／是桥流，水不流"，"能做栋梁的做栋梁／能做柱子的做柱子"……上面随便抄录的这些诗篇，写的似乎都是大家熟悉的事物或现象，但是，这些仅仅是表面的信息，诗人的真正目的是写人生，尤其是他自己所感悟、认可的人生态度，这些感悟、态度在很多时候是隐藏在文字背后的，关涉现实、关涉人心、关涉精神、关涉境界，甚至最终关涉人的命运，需要我们慢慢揣摩，尤其是要结合他人经验、个人经历进行揣摩，才能从中获得深度思考和有效启迪。

四是采用了多元的表达方式，在诗歌文体上进行了独特的探索。华栋的禅诗，既有传统的对话体，一问一答，诗人的机趣、态度、观念均隐含其中，这种方式或许和禅宗人士留下的禅语有关；也有直抒胸臆的哲理性抒写，直接表达诗人对人生、现实的看法；有时采用白描的方式，抒写具体的现象，让观照对象自己呈现、自己说话；有时又在不同的意象、情感之间出现很大的转折，需要我们反复揣摩，才能找到其中的大致关联。邱华栋的禅诗大多数是自由体，每行的字数根据表达需要确定，字数并不固定，尊重语言的自然气韵，形成节奏上的落差，可以称之为参差之美；也有每行字数相等的格律体，每行四字、五字、六字、七字等情形都有，带给人一种整齐、和谐的感觉。表达上的多元体现了诗人对不同节奏、语态、情感的把控和呈现特色，形成了作品在形态上的丰富性。

可以说，邱华栋的禅诗所张扬的是以出世的心态入世，换句话说，就是通过对人生与现实的深度观察、思考，清醒地面对一切诱惑、曲折、艰难甚至苦难，追求干净而有意义的人生，这与优秀传统和当下社会对人的修养的要求是一致的。基于此，我们可以说，邱华栋的禅诗是传统的，也是现代的；是明白的，但更是内敛、含蓄的。含蓄蕴藉是优秀诗歌的重要特征之一，它不把诗人的思想、情感直白地表达出来，可以使诗歌具有耐读、耐品的艺术特质，不同的人都可以从中获得不同的人生思考和诗美享受。邱华栋说：

"仔细地看，这些禅诗其实不是我写的，是那些历代禅师写下来的。只不过，我提炼了、会心了、共鸣了、重述了和偶得了。那些历代禅师有那么多的公案、故事、事迹、行状、踪迹，你从我的这些诗里面都可以看到回响。"他承认自己的禅诗写作在很大程度上受到了传统禅诗的影响，而他的具体文本，又是从现实生活中点点滴滴记录下来的，更是他从自己的阅历中感悟出来的。他说："这恰恰就是禅诗的魅力——作者是谁不重要，重要的是，你的心是否能和这些禅诗会心，若能，你就能和禅师与禅宗相遇。"禅诗和现代哲理诗具有一定的相似性，写的都是人生哲理甚至人生哲学，只不过来源有异，取向也有所不同。优秀的禅诗是安静之诗，内省之诗，是超越现实曲折、艰难、苦难的超然之诗。禅诗追求的是通过具体的体验，抒写具有普遍性的人生思考，因此，优秀的禅诗一定会引发读者的思考，甚至引领读者写出自己的"禅诗"——不一定是形诸文字，而是形成自己的人生态度并落实到漫长的人生探索中！

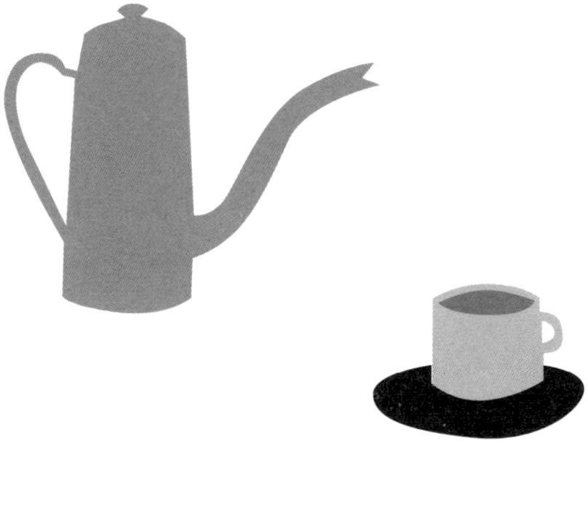

记忆在另一端静静展开
——邱华栋诗歌印象或对话

霍俊明

> 为了采摘记忆而到达洼地是值得的
>
> 可秋天已经被白雪所完成
>
> ——《隐喻》

我们在时间的淘洗中,一种不可避免的宿命即是,我们被一种主导力量所牵引。我们的面目和身影在很多时候留给人们的是一种刻板印象——耕种者、诗人、地铁歌手、油滑商贩等等。我们自觉或不自觉地被一种命定规训为一种单调的角色。然而,事实绝不是我们想象的那样简单。在我的记忆深处,我的父亲在周围的人看来是一个农民,他一辈子都在和那几亩土地纠缠不清。可是,他是这样?他绝对是一个多面手。他是一个远近闻名的兽医,他是一个画画和剪纸的高手,他还是一个乡村歌手。够了,我的平凡的父亲,在纠正一个我们习以为常的常识——人,这莫名的生存个体,在他主要的角色之外,他的丰富性往往被遮蔽了。当我们谈论一个人,一个生命,我们要学会发问——这是个什么样的独特的这一个。

说出这些感触,其实还与《新诗界》的主编李岱松先生有关。在一个北京少有的酷暑中,我在他的阁楼上和他时断时续地交谈。他偶然谈及邱华栋的新诗写得很好。这使我惊讶的同时,也唤醒了我遥远的记忆——在90年代初邱华栋就已经有两部诗集出版了。而对作为受众的我和读者而言,大都知道邱华栋是一个小说家,而很少知晓他作为诗人写诗的一面。这种偶然的触动激发了我的阅读期待,接连几个闷热的晚上,我读完了邱华栋的诗选(1988—2005)。让我来整体谈论这些诗作,无疑有着相当大的难度。我只能选取一些节点来说出我的些微感受。而我的尴尬恰恰在于我的感受,诗人可能并不接受它们。其实,这是一种永久的悖论,写作和阅读同样都是精神的产物,其主观性也决定了二者对话的多样性和被"误读"。

在邱华栋的一些诗作中,约略可以看出他的诗歌接受史,即他的诗歌写作或显或隐受到了其他一些诗人和作家的影响。我很少相信有天才诗人之说,任何一个语言的书写者,他的话语资源都是存在的,只是有着大小和显隐的差异而已。如邱华栋的一些献诗,曼德尔斯塔姆、博尔赫斯、聂鲁达、布罗茨基、埃利蒂斯等。从他的诗句中,能够看到北岛等"今天"派诗人(我不想用"朦胧诗"这个拙劣的词汇)的影子。而从他早期的作品来看,尤其是长诗中的意象和结构方式又与昌耀等诗人存在更为直接的关系。还有他的诗歌中存在着大量的"麦子"意象,这又让人联想到海子。不知道我的这些来自阅读的最初和最直接的感受(猜测)是否准确。

但是，有一点必须强调，不管邱华栋的诗歌写作受到了何种话语资源的影响，这种影响只能是选择性的。换句话说，这种资源是经过诗人的过滤和筛选的，而且经过这种淘洗和选择的过程，诗人的写作只能是作为个体的他——诗人——在与语言和生存的晦暗之途上，对语言，对记忆，对经验的持久发掘、命名、发现与照亮。我对那种新诗研究和新诗史叙述中，将一个汉语诗人的写作直接对应于西方的某某大师的做法不以为然。这种西方话语的参照，最多只能使中国出现所谓的中国的艾略特、中国的金斯堡等。这又有什么意义呢？有意义的或最简单的就是，面对一个汉语诗歌写作者，他是用母语和个人记忆在写作，这已经足够了。而这恰恰是一个诗人不可替代的创造性的内涵所在。在"诗"的最初含义上，它不只是一种特殊的话语方式，而且本身就是创造的同一用语。面对邱华栋的诗歌文本，我的评说也只能由我零碎的点滴感受开始。

1988年到1991年，邱华栋写了大量的诗歌作品。

这无疑与诗人的个体经历有关，如离开家乡去南方求学。但这绝对不是作者所言的青春期的一种表述和分泌。这一阶段（1988—1992）诗人写了大量的长诗和组诗，如《皮匠之歌》《回声》《表情》《葬礼》《逃亡》《草莓（组诗）》《农事诗（组诗）》等。而这种表述方式（长诗、组诗）在1992年之后的诗歌写作中几乎不存在了。随着诗人的经验和对诗歌的理解的变化，在时间的冲洗中，诗人一般都会逐渐用短诗来抒写自己对世界和诗歌的独特理解。因为，长诗的难度是可想而知的，而这种难度要求诗人在诗歌的技艺和个人经验上要具有一种高层次的综合能力。而又一个重要的原因则是，个体在生存的现场中，打动和冲击诗人的恰恰是短暂的、稍纵即逝的片断和碎片，这使得诗人也不可能用长诗、组诗去表达。从生存的角度而言，一般意义上的短诗更利于成为诗人对世界和自己的特殊的言说方式。所以，诗人在1992年之后几乎停止了长诗的写作。其实，这在很多诗人身上都有着共同的呈现。

我们结识在这一天,这是一个

水草摇曳在玻璃深处的日子

从此我的手开始触摸水晶,红色鸟和湖泊

这一天我重新诞生 草莓的浆液

沸腾成最动人的歌曲,因为你

我被九月的天空赋予了丰厚的温良与多情

我出生于一个大雪覆盖着睫毛的冬天

我不曾被每一朵花祝福,被每一颗星照耀

被每一束风沐浴,被每一枚草莓映射

我的心中长满了苔藓和毒蘑菇

在行进途中曾有几只白鸽

倏然驻足于我的肩头,它们轻梳一番羽毛

而后又悄然离去,那时候

我们的田园里耕住的麦子都还没有成熟

——《草莓(组诗)·一九八九年九月十二日》

邱华栋的诗，可以说有一种少有的宁静和宽怀，而这种宁静和宽怀在他的忧郁和悲辛中获得了一种玻璃的质地。这种质地生活在其中，折射、反光成纷繁的背景和底色。《一九八九年九月十二日》这首诗，是在现实与记忆之间的缝隙中展开的对话和磋商。全诗的氛围是相当宁静的，玻璃、水草、草莓、歌曲、九月的天空，这本身就是一首十足而纯粹的诗篇。但是，诗的第二节，这种回叙性的镜头叙写却打破了这种宁静。冬天、苔藓、毒蘑菇与上文出现的意象群落构成了一种张力和紧张的关系。确实，二者之间的紧张正如麦田里的麦子还没有成熟，与之相关的故事也只能是青涩的和迟缓的。他的这些长诗、组诗试图在大容量的叙写中返回起点，而这种返回的过程无疑就是回忆和回顾的过程。这些长诗如青春期的诗人一样，蓬勃、宣泄、夸张、繁复。可以说，在诗人的成长历程中，长诗写作是一个不可避免的阶段。从20世纪百年新诗的发展来看，尽管也出现了优异和重要的长诗，但是一个事实是，中国诗人似乎先天缺乏追写史诗的心理积淀。而组诗《农事诗》正如标题所显示的一样，这是对温润的古老农耕文明的温暖怀想和期许。

  玉米啊，大地的转换者
  你和诗人一样，在光线下
  总是能使世界变得金黄
  使人不缺失温暖

  如西方哲人所言，大自然是一个青铜的世界，而诗歌则是一个黄金的世界。确然，诗歌作为一种古老的技艺，她秉承和延续了人类的记忆，而这种记忆体现在词语、想象、经验和技艺当中。而作为诗意的流失的作物"玉米"意象而言，其承载的心理能量是巨大的。她使个体得以在工业文明的裹挟和物欲的挤迫中反观逝去之物的温暖与可贵。在这一点上，诗歌和作物获得了同一种话语内涵，温暖，令人伤悲不已的温暖情怀。
  在邱华栋的诗歌文本中，从意象角度而言，这些意象更多是一种自然的万有之物（鸟、植物、鹰、马、蓝蚂蚁、土地、白雪、花朵等），只有极少的几首诗写到了城市，如《北京，巴比伦》《工业花园》《高速公路》等。而比照而言，邱华栋在其小说写作中，城市无疑是他展开讲述的一个重要起点和主导氛围。

而诗人对自然万物的反复叙写和观照，正体现了诗人与本源进行长久对话的努力与企图。而这种对话则反复出现在诗人对故乡和本源的赞咏之中。确实，诗人不能不为故乡和母亲歌唱，而母亲和故乡无疑又是生存个体不断返回起点和确证自己的方式。邱华栋的诗歌文本中有着不少对新疆昌吉和对母亲的赞咏和记忆。这种面对时间和母体——土地、故乡、自然、生命、亲情、漂泊——的"回忆"之诗，使诗人面对的不只是文字和想象的世界，不只是纸上的河流，更是一种生命个体难以放弃的独特个人体验，一种个人的精神史。《母亲》《妈妈》《母亲树》《夏天的坏消息》《大地》《黄金麦地》《水上的村庄》《家园》《感恩》《与草为伍》《末日和故乡》《和一个牧羊人的谈话》

等诗正体现了诗人的这种努力。

> 为什么我这么迅速地向你奔来
> 却永远不得靠近
> 我坚硬的泪水夺眶而出
> ——《大地》

人与土地之间的关系应该是最切近和最本源的,但是,由于时代和语境的推移,个体和土地这些自然温暖之物的距离不是越来越亲近,相反倒是越来越遥远甚至遥不可及。"为什么我的眼里常含泪水／因为我对这土地爱得深沉"与这首诗是互文性质的相互打开和参照。从这种生命体验与土地的关系中,一种本源的渴求是相当显豁与明朗的。

> 一片铺展而去的潮水
> 一片金黄的潮水中
> 荡漾的雄性荷尔蒙

>乌鸦漫天编织黑色的话
>
>涨潮。落潮。永无休止的大地循环
>麦地铺落金黄的颜色
>麦地是生长时间生长象征的吗?
>——《黄金麦地》

麦地,对于从乡村走出的诗人而言,那无疑就是一种生命力的最直接的确证和体现方式。这流动的海浪,与土地相依为命的人在其中漂泊和守靠一生。这也是一种时间循环的无奈的表征。这种金黄的场景让人联想起凡·高笔下的旋转的富有生命力的麦田和上面飞翔的不祥的乌鸦方阵。

>我,年轻的马车夫
>高唱着玉米和马铃薯的幻想
>从盐到水
>我赶着明亮的黑马车

把水淋淋的卵石运进你的掌纹

在烙铁的另一面

我们的影像重叠，是的

没有一根针，能够拆开

滴血的我们的芒果和心

黑马车，指向石人的地方

——《芒果和明亮的黑马车》

  这些温暖的词语和意象，马车、马车夫、玉米、马铃薯、芒果，让我们在工业的现场中无时不体会到乡村之物的平凡、可贵与神圣。这湿漉漉的"心"与时间的交流化为一种滴血的阵痛，让人怀念，让人伤悲。这也呈现了一种"根"性的力量，坚守、守望与追寻。正如一匹马，在雨夜追寻一个温暖的栖息的灯盏——故乡、温暖、土地。而当诗人由乡村命定般地走向了城市，这种与生俱来的对故乡和土地的怀念就不能不显现出一种失语的尴尬和无奈。

在夜里我是一匹奔驰的马,悄然驻足

静静地闯入了我疏远了的城市

梦在路灯闪烁的大街上流淌

凋落的往事在白雪中深藏

——《献诗:给昌吉》

诗歌作为古老的手艺,持有了对语言和世界的最为直接也最为本源的记忆。正是在这一点上,"诗歌是对人类记忆的表达。"(布罗茨基语)邱华栋试图在反观和回顾的时光模糊而强大的影像中,温婉而执着地挽留过往的形迹匆匆,在共时态的形态中抵达人类整体性的共鸣与感怀。正是在这个意义上,越是个人的经验越具有传遍公众的持久膂力。

斯蒂芬·欧文在《追忆》中说,"在诗中,回忆具有根据个人的追忆动机来建构过去的力量,它能够摆脱我们所继承经验世界的强制干扰。在'创造'诗的世界的诗的艺术里,回忆成了最优秀的模式。""回忆的链锁,把此时的过去同彼时的、更遥远的过去连接在一起。有时链条也向幻想的将来伸展,那时将有回忆者记起我们此时正在回忆过去。通过回忆我们自己也成了回忆的对象——成了值得为后人记起的对象。"这种立足于现场、反观过往、遥视未来的记忆的能力体现在诗人的一系列诗作中。《对往事的突围》《今年秋天的岁月感》《秋天预感》《秋天的怀念》《挽歌》《季节的手》《时光》《去年》《夏天》《这年夏天》《垂下头颅,这个秋天河流和我一样深沉》《仰望黑夜》等。

妈妈。一九六九年冬天我开始在一颗水滴上爱你。

妈妈你给我讲述血的故事
我不相信,因为那时我还没有成熟

妈妈,一九七九年春天蜻蜓突然在我的记忆中大片飞起
像神风敢死队
冲向最后一片麦地。穿过木式阁楼的窗户

妈妈，一九七九年春天我扣动想象的扳机
　　击中一只梅花鹿。
　　我还看见一个上吊的女人，妈妈
　　在那幢木式阁楼里她的影子已被蛛网捕住

　　妈妈，一九八九年春天我回想起那些蜻蜓
　　和那个上吊的女人，妈妈
　　我重温了那个春天你眼睛里的冰凉露珠
　　　　——《一九七九年春天的蜻蜓》

　　这首以回叙性视角来面对时间和过往的诗，恰恰如一张黑白旧照片，面对它谁都会唏嘘不已。全诗在1969、1979、1989的三个时间的节点上来叙述，这样文本就获得了相当复杂的张力和对话关系。这也无疑拓展了言说空间的广度和深度。

　　时间，面对时间，真正面对生存和生命的个体往往是脆弱的、不堪一击的。这曾经燃烧的火焰，在岁月中迟早会窥见灰烬和黑暗。时间这巨大无形的流水将曾经的鲜活冲刷干净,将流畅的面影刻蚀得斑迹交错。而诗人就是在时间面前对往事和现场命名和探寻的人。面对居无长物一切皆流的世界,季节的翻转使诗人在感到无奈的同时,也显露出一种坚韧的顽健的"根"性的力量。它,既向上生长,又扎根向下。而优异的重要的诗歌,同样应该在这两个向度(精神向度)上同时展开。

> 一片叶子就掩埋了整个季节
> 在被梅雨杀死的岁月之河的岸边
> 我在垂钓那过往的信使
> 鹰的倒影在阳光之海里滑行
> 蜥蜴在等待着金黄的秋天
>
> ——《叙述》

时间,是悄无声息的,但是它的力量是无穷的。"一片叶子就掩埋了整个季节"……我们还说什么呢?除了等待,就是回忆……

一千万亿棵草在风中招摇。

这时是在中午。阳光在岩石上滚动

没有人看见草生长

　　　　　——《没有人看见草》

草的生长和阳光的照射构成了相互呼应的过程，前者是向上，后者是向下。而这个过程就是时间——生长、消亡、轮回——的过程。它没有引起足够的注意，它悄无声息。但，它改变着一切，正在……

时间，时间中的生命体验和焦灼是对诗人书写行为的一个重要而相当有难度的考验。时间，会使古老的话语"认识你自己"永放光辉，生命在其中抖动，生命本身就是时间大火中的升阶之作，尽管在其中它终究会成为灰烬或者阴影。死亡，成为个体存在的一个无所不在的黑色的背景。诗人总是在向死而生。死亡题材的书写也成为一个诗人的重要性的标志。邱华栋的诗也体现出他处理死亡题材的优异能力，如《我老是在夏天里构思墓志铭》《死亡之诗》《十个死者站起来向你说话》《美丽的死亡》《冥想》等。

  祭奠的钟声渐渐死灭为灰烬了　渐次拓展的天际飞扬成大雪
  这一刻是棺材被土覆盖的时候
  送葬的队伍在缓缓地前行
  我不能转身　不能面对亲人们的脸
  和母亲黑洞一样的子宫　深深地垂泪
  唯一可以选择的只有贴近死亡
       ——《冥想》

这种直接面对黑暗喑哑的时刻，一切都以慢镜头的特写和缓慢推进的方式，反复地强行进入你的视野。大雪的覆盖、生命的消亡、生者的悲苦、时间的无情都在其中飞速旋转、凝聚。

  我老是在夏天里构思墓志铭

一些朋友的生命已化为琥珀

在时间之海里沉淀

在我的记忆之波里隐现

可我却写不出一个字

——《我老是在夏天里构思墓志铭》

当记忆被死亡浸满,当情绪被黑色所覆盖,文字就显得相当无力与乏味。"我在春天临近时已将内心的种子交给了死亡"(《死亡之诗》),这是怎样的一种冲撞?如果给时间和死亡选择一个合适的背景,那么这个背景更多的就是秋天。这也是自古以来,文人悲秋的一个理由。万物肃杀,时间悲鸣。落叶翻卷中,一切都在消失,一切都在改变。坚持抑或放弃?

这个秋天我不能停止怀念

我所经历的一切,文字

都留不住

它们是水晶,易碎而且宁静

和记忆一起靠墙侧立

只是一股冰冷的水

慢慢地，浸过我的全身

我无法表达我的怀念

——《秋天的怀念》

垂下头颅，这个秋天河流和我一样深沉……秋水与记忆一起在冰冷中坚持抵达，生命的历练、文字的淬炼、情感的纯化都在此刻完成。怎一个秋啊？

如果，对世界和诗歌做一个拙劣的隐喻的话，生活就是无限展开的暗夜，其间裹挟着四季的风雨，而诗歌更像是质地坚硬背景粗粝的阔大生存景象中自天空飘坠和翻卷的白雪。这使诗人在伏身劳作的同时，秉有了一种可贵的向上仰望的精神维度。

2005.6 花园村

裂变之美

——浅谈邱华栋诗歌

段爱松

从1991年7月出版诗集《从火到水》(漓江出版社)开始,到2023年由重庆大学出版社出版的《碰到茶喝茶 遇到饭吃饭》,三十多年的时间里,邱华栋一直坚持诗歌创作,一共出版了八部诗集。这些诗集里的诗歌,题材广泛、形式多样、气度恢宏、书写精微、腾挪多变。可以说,这些诗歌不仅包含了邱华栋的人生阅历,更凸显了邱华栋的精神探寻,从而呈现出一种"裂变之美"的美学追求,为当代汉语诗歌注入了新的力量。

邱华栋的诗歌写作，正如批评家霍俊明所说："邱华栋试图重新找回一种秩序、记忆和梦想，由此我们看到了一个博尔赫斯式的'诗人智者'。所给我们撕裂开的一个个恍惚而真切的时间碎片、生命样本、现实切片以及存在内核。"[1] 不过，作为诗人的邱华栋，却长期被遮蔽在其作为小说家邱华栋的巨大影子里，但或许正因为如此，作为诗人的邱华栋的诗歌相对于其小说等其他文体创作来说，更显得纯粹和本我。霍俊明清楚地记得："往往是在匆匆人群中邱华栋走过来将这些自印诗集塞进我的手里，这多像是一份秘密的诗歌传单！2013年的江南，春雨淅淅，在去沈园的路上华栋照旧塞给我一本他刚刚出炉的自印诗集，似乎在迷蒙的雨雾中这本小册子还浑身冒着热气……这使得诗歌重新回到了朋友与朋友甚至兄弟与兄弟之间的信任，而不再关乎任何附加的意义。实际上，多年来，不管这个时代的传播体系发生了多么迅速甚至不可想象的变化，但是一部分朋友之间，仍然保持了这种最

---

[1] 邱华栋著，《编织蓝色星球的大海》，百花文艺出版社，2021年。

为原始、最为纯粹的彼此信任的诗歌交流方式。"[1]从邱华栋1984年15岁时在新疆《昌吉报》发表第一首诗歌《做一棵生长的树》开始，其诗歌在30多年的时间产生了几次裂变，这是一位诗人内心不断成熟却永葆激情的文字体现，一如邱华栋本人所说："虽然我已经长成了一个略带沧桑、蒙尘蒙垢的中年人，但是，诗歌却使我保持了赤子之心和少壮之身，乃至甚或还有一颗少年的不羁灵魂。"[2]或许，我们可以从邱华栋诗歌裂变之美的背后一探究竟。

一、第一裂变："从火到水"

邱华栋1969年出生在新疆的昌吉市，在他18岁离开昌吉市到内地求学之前，除了"1岁到2岁时我在西峡山沟里住过两年，10岁的时候，又回到西峡住过1年，在老家河南一共居住过3年"[3]的经历外，其

---

1 邱华栋著，《编织蓝色星球的大海》，百花文艺出版社，2021年。
2 邱华栋著，《编织蓝色星球的大海》，百花文艺出版社，2021年。
3 邱华栋，《没有"故乡"的人》，《扬子江文学评论》，2021(3)：5-10。

他15年时间,他都定居昌吉。而正是西部特殊的地理环境和风土人情,再加上80年代诗歌潮流的影响,特别是受"新边塞诗群"的昌耀、杨牧、周涛、章德益、张子选等人的影响,造就了邱华栋早期诗歌阔大宽厚、激情四射的抒情风格。当然,随着邱华栋到武汉大学学习,接触到了"朦胧诗群"北岛、杨炼、顾城、舒婷等人的诗歌,还有在大学学习期间,邱华栋广泛阅读了现代汉语白话诗人胡适、卞之琳、冯至、闻一多、郭沫若、朱湘、李金发、徐志摩、戴望舒、穆旦、王独清、艾青等人的作品,乃至后面他接触到越来越多的翻译诗,其诗歌风格相应也不断朝前发生着创作美学上的裂变。当然,这是一个诗人创作手法和艺术造诣经过循序渐进而不断走向成熟的漫长过程。探究邱华栋诗歌裂变美学的生发根基,或者说是源头,还得从他的早期诗歌以及第一部诗集《从火到水》说起。

灯下看信

表盘内划过声音

天上星星明灭

脸上的表情也明灭

不知不觉

到达了黎明

——《远方来信》（1985年2月27日）

  这首诗歌是邱华栋所有诗集中收录的创作时间最早的诗歌，而且时间非常具体。那时候邱华栋正好16岁，正如他在少年时期写下的："15岁的我小脸蜡黄，坐在天山脚下一座被戈壁滩包围的小城市的小平房里写作。"（《做一棵生长的树》）[1] 诗歌中已有了对远方的期许和向往，这是一位西部少年内心真实的写照。正因为邱华栋生活在中国的西部，生活在并不发达的小城镇，人的天性，诗人的天性，既是放开的又是被压抑的，诗人内心渴望更为广阔的天地，所以，在夜里灯下看信，信来自远方；抬头再看星星，星星也来自高远之地，并且闪烁不定，整个晚上，一直到黎明

---

[1] 邱华栋著，《编织蓝色星球的大海》，百花文艺出版社，2021年。

悄悄降临，诗人彻夜未眠，都在幻想，都在渴望着远方和未知的道路。这首诗歌，可以说是邱华栋少年时代真实的内心写照，他心怀远大，敏感细腻，用质朴且略带青涩的文字，开始出发，开始构建自己的文学王国。

在这个时期，邱华栋还写下了《嫩芽》（1985年3月2日）、《零的形象》(1985年3月)、《季节河》(1985年11月7日)、《雨夜》（1986年8月26日）、《树》(1986年8月28日)、《鹰之击》(1986年10月30日)等，这些诗歌尚处在零散的吟唱阶段，是诗人18岁成年之前的习作，不过，里面还有着相当程度上的形式探索，比如这首《树》：

树

白杨一棵树

一棵白杨

有一棵白杨

也许不是白杨

站在戈壁滩边上

用身躯造一片阴凉

把僵死的土地变活了

苍白的天地之间变绿了

你悄然不动就实现了诗意

种植着微笑和春意盎然

让小鸟在空旷中落脚

让我的眼睛湿润了

让草和种子发芽

让羊群回来了

让路弯曲了

挺

直

腰

杆

论证自然

  整首诗歌的外形就像是一棵挺拔的树。显然，邱华栋受到过类似于中国古典诗词中的"宝塔诗"形式的影响。还有《雨夜》这首诗,同样也是在诗行的排列上,追求下雨时的倾斜弯曲效果。由此可见,作为少年诗人的邱华栋,希望自己在模仿中有所创新,超越自我。这是一位诗人最初的一种自然创作方法,从中也可以看得出邱华栋力图突破自我的努力。这种坚持不懈的努力,使得邱华栋的诗歌在1987年后,产生了第一次裂变,作为其早期系统性的写作方向和标志性的诗歌出现了。

从《从火到水》这部诗集中可以看到,邱华栋的组诗和小长诗开始显现,并且,这些组诗和小长诗的质量比较整齐。这样的诗歌样貌,绝不可能是诗人随意或偶然写作的结果,而是深入思考的系统呈现。这一点,令我十分惊讶,毕竟在80年代末期,邱华栋写下这些诗歌的时候才十七八岁,并且是在相对封闭的新疆小城昌吉。这些组诗和小长诗,已经初步具有了雄浑壮阔的风格,写得激情澎湃,炽热深情。比如,第一组以西部为主题的诗歌,包括《西部风骨》(1987

年7月1日)、《西部群山》(1987年12月5日)、《西部子民》(1987年12月9日)、《大西北唱给南方的情歌》(1987年4月24日)、《西北高地》(1988年5月14日)等。这些诗歌显然也受到"新边塞诗群"的影响,立意高远、大气开阔、意蕴绵长,充分体现了邱华栋作为西北少年对于新疆故土的赤子之情,青春之火,以及作为早期浪漫主义诗人的不羁灵魂。正如邱华栋所说:"我就是那个浪荡的骑手,那个穿越了密集的青春火焰,歌唱明亮的生活和世界,胸中的热情像岩浆和泉水一样沸腾的少年,那时候他和诗一同生长,和马一同在春天里疾驰,头发和愿望一起在阳光下挥洒,我就是那个骑马浪游的少年,我歌吟最初的热烈和纯情。"[1]是的,少年邱华栋这么想,也这么做,在他的组诗中,喷涌着激情,流淌着火焰,高飞着雄鹰。

那于古铜钟轰响着豪壮的西部汉子

---

[1] 邱华栋著,《编织蓝色星球的大海》,百花文艺出版社,2021年。

之胸膛上
那于郁血张扬奔驰于无人漠野的厉厉
　　之罡风中
那在江南少女千万泪湿之钟情的
　　手帕里
昂然走出来的
是西部的风骨吗?
　　——《西部风骨》

九十九条龙绞杀在这里
以血肉之搏击成铮铮硬黑之铁骨
以挺立的傲然
成向往天宇的热望
而所有的血泪以涓涓细流渐流成哗哗
　　然的呐喊
向所有的平原展示心酸
　　——《西部群山》

用石头般的肠胃消化贫瘠

用利刃般的目光勘测荒原

用火焰般的眼睛表达愿望

用信念的血使旗帜飘扬

——《西部子民》

喜欢你总是把我看成粗豪的男子

总是在黑风暴吹瘦酥油灯的时候

扬起雄性的石碑般的刚强

——《大西北唱给南方的情歌》

我,在你的北部肩膀上出生的儿子

渴望拥抱穹空渴望开掘大地渴望疏浚河流

因干渴而单跪朝阳夕阳

在我的双臂中,腾起鸟翅煽动的风响

——《西北高地》

这一系列的组诗,围绕西部主题展开,有着明显的80年代西部边塞诗歌的风貌，然而，这些大气磅礴的诗作，竟是出自一位未满十八岁的诗人之手，不得不让人惊叹其才华的炫目和胸襟的开阔！邱华栋正是借助这些诗歌，完成了自己诗歌写作道路上的第一次裂变。当然，不得不提在此期间，他还完成的一首小长诗《英雄挽歌》（诗交响）。值得注意的是，这首英雄挽歌还有另一个版本：《皮匠之歌》。两首诗歌在主题上是一致的，只是在具体内容上有了一些表达上的差异和补充，但这并不妨碍两首小长诗对于邱华栋诗歌写作的探寻之路，反而让人看到了他孜孜以求的探索变化与精益求精。毫无疑问，这首小长诗在邱华栋早年的诗歌写作中具有相当重要的位置，也是他除了以西部主题为组诗外，诗歌美学第一次裂变后，最能凸显其早期创作风格和最具分量的诗歌作品。

《英雄挽歌》（诗交响），在结构上一共有三个乐章，分别是第一乐章"诞生"，第二乐章"创世界"，第三乐章"哀歌与呼唤"。整首诗歌结构严谨，意象纷呈，内蕴丰沛，张力十足，似乎受到了希腊诗人奥迪塞乌斯·埃利蒂斯《英雄史诗》的影响，具有交响乐的复调之美，以及强烈的英雄主义色彩：

  金黄的季节已经接近尾声
  大簇大簇的银箭从天降落
  均生长成一种启示：等待黎明
  七十七只黑鹰以其冰冷的铁翅
  在天宇点缀成卫士
  均分布为一种宣言：等待新生
  ——第一乐章 诞生

  他继续向前
  大片荆棘猛然割破了他的血肉
  他举起信念之刀之斧横斫猛砍
  千滴血珠下溅为八瓣之花
  绣满五色鹿的全身
  ——第二乐章 创世界

> 为什么英雄死后
>
> 叹息总想织就一只接生的花篮
>
> 为什么英雄死后
>
> 阳光的密语
>
> 总暖暖地结在怀孕少妇的眉宇
>
> 而英雄的黑色石碑不倒
>
> 万物总要承接阳光
>
> ——第三乐章 哀歌与呼唤

这首小长诗的三个乐章环环相扣,极具想象力和爆发力,同时又暗含哲思力度与命运通感。邱华栋少年时代对于诗歌的思考和写作追求,在这首小长诗里得到充分的展现。可以说,以西部为主题的组诗和这首小长诗构成了邱华栋早年诗歌的主要风格。

不过,邱华栋的第一次写作裂变,并不止于这种风格,特别是80年代末和90年代初(1992年大学毕业到北京工作之前),他同时还写下了相当数量和多种题材并带有早期浪漫主义风格的诗歌,成为他诗歌美学多变的有力佐证与补充。比如《叙述美丽的死亡》（1988年12月9日）长诗、《表情》（1989年9月25—27日）、长诗《葬礼》（1989年10月21日）、长诗《逃亡》（1990年2月6—7日）、组诗《农事诗》（1990年7月22日）、组诗《樱花大道》（1991年3月24日）等。这些组诗、长诗，以及数量众多的短诗，很明显仍带有相当的主观抒情性，这是由于邱华栋延续了少年时代的英雄主义、理想主义、感伤主义所造就的特色。同时，这些诗歌在追求美学多样性的第一次裂变中，也渐渐完成了邱华栋诗歌写作第二次美学裂变的准备。

> 我还活着，菊子
> 每年的今天，我都会写一首诗
> 让它在阳光下嗡嗡地焚化
> 我要在上面种满了祝福的白蘑菇
> 在你安居的地方　有一只蓝蜻蜓
> 正在悄悄地降落
> ——《叙述美丽的死亡》

《叙述美丽的死亡》这首诗歌带有更私人化的感伤抒情色调,诗人的细腻敏感,在诗行中穿行,对于生与死的思考,实际上在邱华栋少年时代就已经开始了,只不过是,青春的激情以及相对单纯的人生阅历,更多的是为第二次诗歌的裂变做着情感方面的储备。

  我能够接近你吗,太阳!
  我要颂歌这一切,太阳!
  我不能拒绝你啊,太阳
  毕生我都是为了走进你
  用阳光笼罩我粉碎我吧
  我感到我在疾速上升
  ——《表情》

  孩子孩子,快快长大
  经历过风雨,什么都不怕
  孩子孩子,快快长大

承受过风霜,什么都不怕

——《葬礼》

这两首创作时间十分接近的长诗,虽然主题不一样,但是诗歌中翻涌着向前冲的力量感。1988年,正好是邱华栋从新疆到武汉上大学的时间,我们可以从诗歌中体会到,诗人因为开始实现了自己的远方目标而充盈着奋发向上的朝气。诗人的关注点,这个时候已经更多地从地域转向了新的环境与新的内心。这无疑也将是诗人创作第二次裂变前发出的先声与号角。

告诉我,生命为什么这么幽深
以至于我无法用手探测
一九七四年,我行走在被杏花点燃
的童年里,寻找一个诺言
我注定会死去
我的眼睛也看不透蛛网一样的世界
我的手伸出去,握住的是一缕惆怅

一缕生命易逝的感伤

　　——《逃亡》

　　《逃亡》这首诗歌所折射出来的怀疑精神是可贵的，这是一位诗人走向成熟的标志之一。邱华栋在武汉大学学习期间，肯定接触到了完全不同于新疆昌吉的风物，并且随着他的年岁渐长，以及生活阅历和思想深度的加深，其诗歌也在悄悄地发生转化，但此时，仍然处在转化的过程中，我们可以从《逃亡》中读到疑惑与不安，同时也可以读到一位诗人正在蜕变的发音。

　　玉米啊，大地的转换者

　　你和诗人一样，在光线下

　　总是能使世界变得金黄

　　使人不缺失温暖

　　——《农事诗》

　　邱华栋在《农事诗》里凸显出一种气度，这种气度一直延续至今,那便是宽阔的温情。这是邱华栋诗歌非常重要的一种底色,正是有了宽阔温情的抒写,才可能产生更大的悲悯情怀,也才可能让邱华栋后来的城市诗歌写作充满了人文主义关怀和深切的哀痛之心。

> 伴随着春天,樱花从美丽的内部走出
> 高悬在我们头顶
> 使我们仰望和接受花雨
> 惊慕于天空背景的深广和繁荣
> ——《樱花大道》

1991年是邱华栋诗歌即将产生第二次裂变之美的关键年,这组《樱花大道》是在他的母校武汉大学写就的,此时,邱华栋的心里已经有了更远大的目标。武汉大学,只会是他人生中的一个中转站,武汉大学美丽的樱花和美好的春天,并不能让诗人产生留下来的想法,因为这位雄心勃发的青年,他看到的是这个美丽场景之上,更加深广的繁荣之地,那里是哪里呢?

诗人像是早已了然于心。而正是诗人大学毕业后的去向选择,让他的诗歌突然获得了一种力量,这是一种神奇的蜕变,像是忽然打开的一道门和一个世界,里面是崭新的,是一片足以让邱华栋的诗歌之路乃至文学之路,走向完全不同于以往的独特的广阔天地。

二、第二裂变:光之变

1992年,对于邱华栋的诗歌创作来说,是具有决定意义的新的起始之年。这一年,他来到了北京工作。这一年的10月,他写下了这首蜕变之诗,写下了这般不同凡响的句子,完成着诗歌道路上如光一般闪耀迅猛的第二次裂变。

> 这座大城,似乎是从巴比伦来的
> 它像是一块恶性肿瘤
> 在今天变得硕大无比,几乎不真实了
> 在白天,它漂浮在尘土之上,面目不清

>而又森严壁垒，像是一张巨嘴
>
>吞吃空气，气球，植物和道路
>
>在夜间，它虎视眈眈
>
>准备随时咬死每一个在睡梦中跌倒的人
>
>这的确是一座大城
>
>你看到多少张脸背后的皮
>
>被挂在阳台上晾晒
>
>有多少人，踩着一致的步伐
>
>出入地铁，公共汽车，饭店，商场，和别的楼厦
>
>买卖梦想，然后在物质中消耗自身
>
>成为更为简单的物质
>
>——《北京，大城漂浮》

在这首小长诗里，不再有青春激情，不再有西部风情，也不再有樱花浪漫，有的只是真真切切的现实和生活，有的只是感同身受的压抑与异化。邱华栋以诗人天生的敏感天性，从现代化快节奏的北京生活中，

嗅闻到了一种完全不同于以往的诗歌气息，一种波德莱尔《恶之花》里的相关气息，他感觉到了一种巨大，一种一不小心就会消耗湮没掉自己的巨大。但是，千千万万个自己的影子，每天都穿梭在这种巨大里面，每天都得以自身的卑微抗拒来自于大城的倾轧。

> 在大城中，所有的人都是单面的
> 你看不见更深的事物，看不见本质
> 比如苹果被切开，果核成为分布的星星
> 在大城中，最为流行的是音乐和沙子
> 一切都在迅速流动
> 没有固定的旋律和形状
> 你抓不住一切，你只能在黑夜里
> 奔逃到街上，你才会由植物变为马
> 去追赶自己的影子
> 这是唯一真实的
> ——《北京，大城漂浮》

城市带来的幻灭感，无疑给邱华栋的诗歌注入了另类的力量，使得诗人不得不自省和深挖。迅速流动着的一切，指向现代文明背后隐藏的不可停顿的匆忙与焦虑。人和人的关系，人和社会的关系，人和时代的关系，人和自己的关系，这些重大的命题，在诗歌中被激发出来了，诗人必然感受到重压，诗人必然要在文字的裂变中承载、阐释和追问这一切。

> 大城无边无际，向四面八方铺开
> 几乎到达山地和大海
> 人们在这里集结愿望，展览舌苔
> 交换手上的掌纹，然后拍卖
> 那些向上或向下伸展的楼群
> 压叠着精神，囚禁一些手臂和飞鸟
> 假笑，哭泣摇滚和消耗的欢乐
> 这是一座大城，人头攒动
> 如同欢跃在大海中的鱼群
> 看不见渊面黑暗，也不知道脚下的海沟多深

>只愿跃向水面,追逐泡沫
>
>这就是欢乐,是他们的唯一节日
>
>——《北京,大城漂浮》

城市的阔大与个体的渺小,形成了一种不公平的紧张对应关系。城市的这种大,并不仅仅是物理空间的大,更是现代文明无形之手推动着的不断挤压生命个体心理空间的大。在北京这样的城市,要远远超过邱华栋在新疆昌吉或者在湖北武汉的繁复,就仅仅拿人际交往来说,也完全不是一个量级,更何况此时的邱华栋是以成年人身份穿梭于成年人的世界,而不是童年少年和青年求学时期的邱华栋,所以,面对身体和内心处境的极大变化,诗人必然会有所反应,诗人的写作,也必然会产生根本的更为成熟的裂变。

>那么,大城依旧在生长漂浮
>
>在天空下,封闭如同仓库
>
>人是繁殖于其内的鼠群

在粮食与空气之间奔逃,并呼唤水

大城,以更多的灯光来映衬

它被恶梦所压肿的脸

因此,大城可以说是一场电影,一幅固定的画

一座古战场

而在历史中生长,在时间中无边无际

这就是大城,它用立交桥,高速路,

用假面舞会,卡拉OK酒吧,发廊来变换心脏

使你忘却形式,身不由己深入其中

从事物的另一面前来,你又走开

你进去,或者不进入

都不会成为果核,成为苹果中的星星

——《北京,大城漂浮》

立交桥,高速路,假面舞会,卡拉OK酒吧,发廊……这些大城市特有的物象,对于新进入这个城市

并成为这个城市一员的诗人来说，是实在的，又是虚幻的。在城市的功利性与现实性等多重压迫下，诗人感受到了人群宛如鼠群，受困于城市的各种规则，变异于城市的各种扭曲。诗人眼中再看不到西部的风景，也看不到校园的樱花，诗人的心，随着城市脉搏而获得了新的韵律和节奏，生存的压力与生活的希望同在，矛盾的焦虑和理想的脚步同行，诗人因此获得了与血肉思想更为贴近的文字通道，无论是挣扎也好，妥协也罢，只要睁开双眼，这个城市就是诗人必须要面对的一切，也是邱华栋诗歌必须要解决的一道大题。值得庆幸的是，诗人做到了，他的笔像锋利的匕首一样，层层剖析着大城。也就是从这首《北京，大城漂浮》开始，北京的邱华栋超越了新疆的邱华栋，当然，更超越了武汉的邱华栋，在异常激烈复杂的北京，诗人获得了空前的感受力，并将这种感受力和先前的少年理想、青年思索结合了起来，以更加犀利，更加自省，更加内敛的方式，完成了诗歌写作道路上第二次裂变，同时，也获得了这种裂变激荡之后新的美学目标与追求,极大地拓展了其作品对城市文学的新表达。

评论家谢尚发在《梦语者的归返、城市和他的诗——邱华栋诗论》中曾指出:"在邱华栋的诗歌中,一俟涉及城市的书写,永远牵涉着两个方面:其一,对城市器物的描绘,以及附着于器物之上的种种情感;其二,对城市现状的刻摹,以事件和经历的方式呈现出都市生活的种种不堪。很显然,相比较于波德莱尔在书写城市的时候所使用的'象征的森林',邱华栋更愿意直面都市的器物与事情,谓之为现实主义有失偏颇于刻板印象,谓之为'印象主义'则失之于走马观花的阅读感觉,称之为'城市的素描者'或许更为准确——一方面是写实的精神记录下城市的种种,另一方面则是用了情感的调色将之晕染、变形、扭曲,以映衬着梦语者的归返和黑夜的沉思,因为城市几乎是梦语者逃离的地方,又是必须栖身其间的场所。"[1]这个论断,指出了邱华栋诗歌创作美学第二次裂变后的基本特征,当然,还不仅如此。实际上,邱华栋之

---

[1] 谢尚发.梦语者的归返、城市和他的诗——邱华栋诗论[J].新文学评论,2017,6(2):108.

所以能够以这样一种诗学视角和眼光看待和描绘以北京为代表的城市，跟他早年一直践行的第一次裂变的诗歌美学息息相关，甚至可以说，在传承上，两者是手心和手背的关系，手心向内，手背向外，没有向内的手心，就不会有向外的手背，没有邱华栋作为激情澎湃理想少年的诗情，就不会有后来邱华栋作为冷静内敛的中青年诗人的诗风，没有打出去的那一拳拳，就不会有收回来的一掌掌。邱华栋就像一个练功渐得真谛的高手，在新的大城里，任意挥洒着招式，只不过所有的招式背后，凸显的是作为新城市诗人的悲悯与情义，质疑与奋争，拯救和超脱。

如果把《北京，大城漂浮》看作是邱华栋拓展城市诗歌书写重要的开篇的话，之后的若干年间，他不间断地写下了大量的此类诗作，比如《1992年8月24日深夜2时经过石家庄》（1992年8月24日）、《工业花园》（1993年3月22日）、《高速公路》（1993年4月8日）、《诗》（1993年6月2日）、《午夜的孩子》（1997年1月13日）、《小夜诗——仿布罗茨基》(1999年1月30日夜)、《二十六个鸟巢》(2001年3月22日)、《杭州的雨》(2002年9月16日)、《在西塘》(2002年9月17日)、《2002年中秋,9月21日》(2002年9月21日)、《航空港:大地回收她金属的儿子》(2003年4月8日)、《京东偏北,空港城,一只松鼠》(2004年5月)、《死人》(2004年7月16日)、组诗《东北三个省》(2004年3月24—26日)、《4月24日叙事诗》(2008年4月24日)、《公路上的一只猫的死》(2009年3月31日初稿,8月1日修改)、《2009年7月24日,下午大雨,我驱车奔向石家庄》(2009年7月25日)、《上海的早晨》(2009年8月22日)、《在万圣书店看到柴静》(2010年11月2日)、《安静的房间》(2011年9月4日)、《八大处》(2011年11月1日)、《蓝色灭火器》(2014年4月)、《地铁里》(2014年7月22日)……这些作品,无疑是诗人从自发到自觉的一次蜕变,也是诗人在时间和生命探索中的一次华丽转身,它奠定了邱华栋现在诗歌的基本风貌,使得邱华栋的诗歌创作,因为更贴近生活和理想本身而显得更加纯熟且游刃有余，其中一些诗歌里的句子读来更别具一番滋味，它们是诗人在城市点燃的火焰，也是诗人撩拨城市的敏感神经，只要诗人的心中充盈着悲悯、爱与希望，便会在诗行中暴露着城市的伤与痛。

我看见了水泥厂的烟囱和烟，计划生育的标语，广告／看见了丑陋的红砖简易楼房／看见了高压线和细线一样发亮的水渠／而一排排树影分割地平线／把白云的步伐和绿色大地分开（《2002年中秋，9月21日》）；

在花园里，果实悬于高压线顶端／和路灯一起被橡皮人，和空心人所仰望／楼厦的峡谷间，可望不可即的半空／生长着空气的钢筋，和模棱两可的玻璃／使你看见森林的蘑菇，和在虚幻里为塑料藻膜所隔开（《工业花园》）；

而大地上到处都是人／这使我担心，哪里使它可以安身？／沥青已经代替了泥土，我们代替了它们（《京东偏北，空港城，一只松鼠》）；

她害怕橱柜、洗手间／害怕椅子、床头柜、台灯／她害怕窗帘、中央空调／和各种声音（《她和黑夜》）；

我从上海锦沧文华酒店12层的窗户望出去／波特曼酒店、恒隆时代广场和上海展览馆把／时间扭曲在一起／这个早晨闷热而华丽，我以外来者的眼光／对她漫不经心地一瞥，看见了上海的心脏地带／在潮湿的8月里谨慎地涌动，并成为这个时代的脚注／为了她变得更高，更富丽堂皇，更辉煌，也更绚烂（《上海的早晨》）；

澳门葡京酒店长廊里的蓝色灭火器／融化了大海和天空的蓝／能否扑灭来自人的欲望的火焰红？（《蓝色灭火器》）。

……

我们从这些诗歌中，看到了另一个完全不一样的邱华栋对于城市文学拓展性的书写，也看到了邱华栋在诗歌创作道路上第二次的裂变。这是一次有着光一样耀眼迅猛的裂变，因为这是来自生命和生活内部的撕扯，也是邱华栋二十多年城市生活的累积和叠加，更是他的诗心与诗性走向更为成熟的标志。这些具有开创性和启示性的以小见大的城市诗歌书写，是作为诗人邱华栋当下重要诗歌身份的"立字为证"。

霍俊明在《"吱呀"声中拨转指针——重读邱华栋》一文中，也指出了邱华栋诗歌以小见大的启示性书写的一些特征："在邱华栋这里，他的诗歌几十年来几乎不涉及庞大和宏旨的诗歌主题，也就是在惯常意义上看来是属于'轻体量'的写作——轻小、细微、日常。但是这些诗歌却在多个层次上打通和抵达了'精神体量'的庞大。这实际上也并不是简单的'以小博大'，而是通过一个个细小的针尖一样的点阵完成了共时体一般的震动与冲击。具体到这些诗歌，我提出更为细小的几组关键词。这些关键词不仅是来自于邱华栋的个人写作，他平衡得非常好，而且还在于这些关键词与每个诗人甚至整体性的时代写作都会有着切实的参照和启示性。"[1]这个论断，正贴合了城市生活琐碎、日常、轻小、细微、快节奏等特征，而邱华栋第二次裂变诗歌特有的视角与力道，无疑为城市文学的拓展注入了另一种活力和温度，更为其诗歌创作的第三次裂变做好了充分准备。

三、第三裂变：禅诗、多向度及未来

作为永远在探索路上追寻的诗人，邱华栋即将在今年公开出版一本另类的诗集《碰到茶喝茶　遇到饭吃饭》。这本诗集里面的部分内容，曾以中韩对照本在2021年6月印制过（2017年还以《碰到茶喝茶　遇到饭吃饭——邱华栋禅诗中英文对照集》印制过）。邱华栋在禅诗创作谈里说过："我为什么写起禅诗来了呢？一是多年以来，我走过不少禅寺，南北东西乃至日本的寺庙，都看过不少，偶有所见，就记录下来。二是，断续读了不少禅宗的书，如《坛经》《景德传

---

[1] 霍俊明."吱呀"声中拨转指针——重读邱华栋"[J].诗歌月刊,2015(6):24。

灯录》《祖堂集》《五灯会元》《宗镜录》《碧岩录》《禅宗无门关》等等,还有欧美日研究禅宗的一些书,看到很多禅师故事、禅宗公案,偶有所想,就记录下来。三是,到了四十多岁了心境变化了,安静的时候,内心里会忽然如同泉涌一样蹦出来一些句子,偶然飘过,就记录下来。我就这么写下了这些禅诗。"

值得注意的是,邱华栋拥有着特别巨大的阅读量和家庭藏书,这自然是一个写作者取之不尽的宝藏。另外,无论是从文学视野,还是社会阅历,邱华栋更有着一般人难以企及的宽度和高度,无怪乎截至目前,在他创作生涯里能马不停蹄地写了1000万多字包括小说、非虚构、评论等各种体裁的文学作品,单就这些文学创造和文学训练,都足以支撑起邱华栋在诗歌创造性写作道路上一次又一次地裂变。而当邱华栋经历前两次诗歌写作的华丽转身后,一种大智若愚,大巧若拙的写作境界,自然成为了他第三次诗歌裂变的发端。

且看:

有水皆含月，无山不带云

卧月，眠云

青山白云父，白云青山儿

日走，夜眠

吃茶去

——《碰到茶喝茶 遇到饭吃饭》52

见道忘山的人，身在人群也很寂寥

见山忘道的人，隐居荒野也很喧闹

——《碰到茶喝茶 遇到饭吃饭》71

我看见云散月出，朗声大笑

十东风里吹花开，人们纷纷问消息

原来只是我在山顶大笑

——《碰到茶喝茶 遇到饭吃饭》73

春日鸡鸣，中秋犬吠

青山不碍白云飞

由它去

——《碰到茶喝茶 遇到饭吃饭》81

满目眼光,万里不挂一片云

清静水中,风吹荷叶鱼自游

——《碰到茶喝茶 遇到饭吃饭》86

四面是山你去哪儿

山高不遮野云飞

竹子虽密,不挡山溪流

——《碰到茶喝茶 遇到饭吃饭》104

只待雪消融

自然春草生

——《碰到茶喝茶 遇到饭吃饭》139

  这些禅诗,妙语、妙趣、妙悟、妙道,自然而然,似是天成,饱含着"繁华落尽见真淳"的意趣与格调。

这些诗句，多像是诗人经历万千过往的微微一瞥，更像是诗人洞察世事之后的会心一笑。我不知道邱华栋作为诗人今后的写作计划，但从这些诗歌来看，诗人已然明了自然、社会、历史、时代以及人生命运的玄机。邱华栋多像一个高超的诗歌魔法师，举手投足之间，便能从时空中截取诗意的彩练，化作内心绵绵不绝的书写之力。这当然需要功夫，也需要积累，更需要天赋。

今天，回溯邱华栋的诗歌写作，他以一颗诗歌赤子之心，在"深海探珠人"般的坚守探寻中，完成了三次裂变，呈现出激情澎湃、风格多变、俊朗刚健、韵味十足、气象万千的诗歌整体写作风貌。当然，我们也可以认为，对于邱华栋这样大体量、多向度的写作者（他还写有专门的《石油史》诗集，《情为何》爱情诗集等），任何写作阶段都可能才开了个头，更为精彩的裂变，仍在他孜孜以求的创作道路上，成为无限的可能。正如他所坦言："因此，我从来都没有停止写诗，一个字一个字地，我用笔写在白纸上和一些笔记本里，就是因为这些诗和我自己的不断变成往昔的'此刻'相遇,并最终构成了我自己的诗人形象。"

为此,我们等待着邱华栋诗歌第三次裂变后,更为崭新的诗歌形象;同时更期待着邱华栋的诗歌创作,以不断的裂变之美,继续为当代汉语诗坛注入别样的激情、思考与活力。

重回镜中
我读邱华栋的诗

周瑟瑟

30 年

读诗如饮酒,读华栋的诗如饮老酒。一股从时间深处发酵的酒香扑鼻而来,此刻我理解了酒徒的快乐。

从 2014 年隆冬读到 2015 年初春,邱华栋的两部诗稿让我在酒足饭饱之后细细品读,我发现了读诗的乐趣,并且读出了饥饿感,他的诗的牙齿锋利,时常能咬住我的感觉。让我痛一下,间或痒一下,心里发紧一下。

我与邱华栋认识20多年了，读这些诗我才猛然发现，读他的诗犹如读我们共同的青春成长，读我们的情爱欢愉，读我们的忧伤。

此番读诗，正是重温我们的历史。一代人的诗歌历史，邱华栋的诗坚持真实地记录我们的历史，生活投射在诗里变成了历史。这是一件奇妙的事。

从他少年时期的作品，一直到现在，从新疆到武汉到北京，一个人把诗视作语言的容器，像一个旧式知识分子，临睡前记下一段日记。邱华栋写诗信手拈来，不像一个职业诗人（专门只写诗的人）那样钻到诗里作上下翻腾状，他与诗是平行的，像对待亲人一样对待诗。写诗这件事或许并不要那么紧张，轻松随意写下你的生活、情感与想象，就是一个理想的状态了。

邱华栋是一个怎样的诗人？通过这部30年诗选，我们看到了一个情感细腻、表达放松、视野开阔的诗人，他的诗是精神的证词，对自我启蒙，对精神做深入的探讨，对私人生活与时代公共生活发言，他擦亮了诗性的批判。

他从小习武，肌肉健硕，精气神渗透到了他每一根头发里，他的诗里自然有一股真诚的野蛮与伪善的现实对立，他的诗指向了爱，爱是他诗歌内在的力量。随着时间的变化他的外表越来越冷酷，虽然他是一个有幽默感的男人，但内心似火，蕴藏着无边的激情，他的精神标准是诗的或者说文学性的，这个人生活在诗或文学性的标准里。

当邱华栋生活在诗与文学性标准里时，长年累月积淀的写作经验反过来将一个人变得更加的清洁与孤独。这种清洁与孤独在邱华栋身上更为固执，我没有与他探讨过诗歌写作的观念，我至今并不知道他的诗歌观念。但我看到他体量硕大的诗歌格局与辽阔的诗歌情怀时，我忘记了诗歌观念，而记住了他诗歌中清洁与孤独的情感。

邱华栋拥有这个时代典型的中产阶级生活，但他精神的搏斗需要诗与文学的战场，他曾写下一部长篇小说《城市战车》，是都市文学的代表作品之一。而他在诗里更加的自由，他所涉猎的题材更加的广泛，基本上是以自我的生活轨迹为线索，他追寻的是时代的精神脉络与个人的生活史。他的诗少了中产阶级的场景与属性，相反他时时处于底层，他的不少诗甚至是小人物之歌，也是卑微者的呜咽。从这个角度看，他愿意将诗歌与穷人为伍，抛弃了中产阶级的乐趣与优雅，毕竟时代还在小人物的奋斗中滑行，我们的诗歌更能为卑微者提供精神的证词。

他的写作建立在时间之上，时间像一把刀，直抵时代的咽喉，哇哇大叫的时候诗歌就涌向了唇边，一吐为快的写作是瞬时性的，但更加的真实，邱华栋的诗自然、坦诚。读他的诗我想到诗是自我的舌头，说出了他内心的风暴，这或许需要勇气，或许只要摆正写作的心态，但往往我们国家的诗人不易做到，把诗变成词语的游戏者大有人在，把诗变成与自我无关者更多，而我们往往容易亏待了自我，不为自我说话，不为自我辩护，生活在雾霾里却把诗变成了外在的赞美，赞美什么呢？质疑才有效，质疑才有自我的存在。

他居然写了这么久，30年七八百首诗，被时间过滤，被他拧紧，变成三百首，到我手里又被再次拧紧、取舍，这是一个痛苦又过瘾的过程，我反复阅读，从中挑选出最能代表他一个时间状态的作品。

放　松

近年，我快成一个职业的读诗人了。我读诗时能体验到诗歌在此时的紧张感，但读邱华栋的诗，我有了放松的状态。不是说他置身于时代的焦虑症之外，他无可避免地面对了这个时代我们精神上的所有困境，我指的是他用一种放松的诗歌消解了时代的焦虑与紧张，这是邱华栋作为一个诗人小说家与众多诗人不一样的地方。

我们习惯于把时代的焦虑与紧张当作文学的资源，把撕裂当作狂欢，把伤口当作鲜花，这样的文学压得人喘不过气来，我们只有放松下来，才能获得文学作为人学在释放我们自身的精神困境时应有的快感。

邱华栋的文学是放松的文学，他呈现的是我们时代的真相,他无比接近真,而排斥假。尤其是他的诗歌甚至写的是隐秘的生活,像我们这样共裤连裆的兄弟,虽然我参与或见证了他所有的情感生活,但这次完整地读他的全部诗歌,我才了解到他内心的挣扎,因为有几年他的诗歌并不拿出来发表,我们又有各自的家庭,不像早年那样可以直接从书桌上读到了,而这些情感生活的真相,他毫无保留地写到了诗里,他的许多诗都是他生活的记录,诗里的人与事都是真的。由此我清晰地看到邱华栋作为诗人的本真,与小说相反,诗充当了情感生活的真实记录,就像电影大片与人文纪录片,他的诗是他的人文纪录片,小说则是电影大片。

在写作方法论上,邱华栋放松的姿态,让我反思诗人的本真写作本应如此,不能因为词语写作、抒情写作、意义写作,而消灭了本真,更不能以一种假的紧张与焦虑获取诗歌的后现代性写作姿态。

邱华栋拥有足够的耐心,所以我看到了把诗歌像一把水壶耐心擦拭,而全然不顾及诗歌写作的潮流与风气。

耐心

你用心地、耐心地
擦拭那把铝壶
清除水垢

你耐心地、一丝不苟地
擦拭那把铝壶
花了五个小时的时间
把那把壶的厚厚的水垢
清除干净了
水壶锃亮
像是一把新壶

你的耐心让我折服

2011 年 6 月 23 日改

邱华栋的写作在生活中获得了耐心的力量。时代太快,而人心痛苦如滚烫的开水,诗怎样才能安静下来呢?让诗细细体味生活的艰难,并感受其中包含的爱。

显然邱华栋发现了那个擦拭水壶的人,她的放松代表了一种生活态度,她的耐心正是时代稀缺的精神资源。贫乏的时代如何进入自我?"你的耐心让我折服"这是诗的放松态度,也是诗人在精神困境里找到的爱的出口。

镜　中

邱华栋的诗歌有强烈的自省意识。写作是我们这一代人清除心中淤泥的过程,我们谁的心中没有堆积淤泥呢?个人的淤泥与时代的淤泥随处可见,邱华栋说出了它。

重回镜中

我们是一对童男童女

像天使，在过去一年飞翔在上帝身边

如今岁月之河滚滚而过

我们经历的比预想的要多

失去的比得到的要多

我们拥有的一切叹嘘，一切幻想

而今复杂得像机械时代的仪器

自身都无法辨识

是什么叫我们心中充满淤泥

和生活的每一片灰烬

生存就是无止境地下坠吗

我多么向往重回镜中

在那里我们黑发似夜

纯净如一张白纸

没有一个字　曾经占据过我们的心

1991 年 2 月 19 日

"重回镜中"——诗歌作为时代的一道光，我一直找不到恰当的描述，邱华栋给出"重回镜中"的路径。"我们是一对童男童女"，显然我们的肉身不是，但我们的心是。诗既是记录，更是找出路。他说出了事实："我们经历的比预想的要多／失去的比得到的要多"，在1991年之后我们经历了更大的"叹嘘"与"幻想"，我不知道到了2015年，邱华栋再写"重回镜中"，会是什么样的情形？20世纪90年代初的写作已经预见了未来，对来时路作出了诚实的描述"自身都无法辨识"，但未来同样被时间验证。

邱华栋的文学所做的正是对时代与自我的"辨识"。他此后的诗歌开始了对时代更深的关注，由个人在时代转型中的精神困境，转向对现实的批判。

"镜中"的精神性幻影成了他文学的真实图景，我读他的诗时与他的小说产生重叠的幻觉，《城市里的马群》是他的中篇小说，我在他20世纪90年代的诗歌里同样找到了这首诗。"镜中"奔跑的"马群"正是我们一代人在时代的漩涡里浪游的写照。

"重回镜中"——不是一个20世纪90年代即时

性的动作,而是此后我们在时代的流沙里不时要把肉身投入到精神之镜中清洁自我淤泥的一个常规动作了,即时性被确定,诗滚滚向前,现实的热浪把我们带向何方?

批　判

邱华栋既执迷于自我的解剖,又把目光转向广大的现实。诗歌握在他手上,那是一把双刃刀,他解剖自我,又解剖了时代的肌体。读他的诗,我看见了诗后那只紧握刀刃的手,向外渗血。

上海的早晨

我从上海锦沧文华酒店12层的窗户望出去
　　波特曼酒店、恒隆时代广场和上海展览馆把时间扭曲在一起
　　这个早晨闷热而华丽,我以外来者的眼光

对她漫不经心地一瞥,看见了上海的心脏地带

在潮湿的8月里谨慎地涌动,并成为这个金钱时代的脚注

为了她变得更高,更富丽堂皇,更辉煌,也更绚烂

2009年8月22日

邱华栋的诗歌"从上海锦沧文华酒店12层的窗户望出去",时代的镜像是"波特曼酒店、恒隆时代广场和上海展览馆把时间扭曲在一起",这些镜像构成了他与时代的关系:略为紧张与焦虑,但诗人一贯的"放松"企图隐藏诗歌强大的时代性,这是邱华栋放低批判姿态"重回镜中"的精神性要求,没有诗歌急于投身现实的概念先行。10年了,从《重回镜中》到《上海的早晨》,10年让一个诗人的内心发生了多少变化,镜中的幻影变成了现实,内心的淤泥变成了"波特曼酒店、恒隆时代广场和上海展览馆"。

邱华栋身处的早晨是"闷热而华丽"的早晨,我不想过度阐释一首诗在语言之外的意义,但诗的意义不管作者如何压制,它呈现出了诗歌本真的姿态:批判。"这个金钱时代的脚注"——它既是诗的现实,又是我们在现代性进程中"更高,更富丽堂皇,更辉煌,也更绚烂"的痛苦。

痛 苦

我们在现代性进程中的痛苦无处不在,但又转瞬即逝,痛苦与欢乐往往是同一个事件,因为它们有同一个精神的源头。邱华栋写到了我们共同的处境,他传达出时代在急骤转型中的痛苦,而这样的痛苦仿如一只猫,在时代的车流里"喵喵叫"的猫。

公路上一只猫的死(节选)

我看见有一只猫,在马路中间

它感到无比惊惧,它无法逃走

因为车来车往

巨大的汽车在它头顶碾过

它根本就不敢动

一直在无助地喵喵叫

……

第二天,我再次路过那里

发现那只猫已经变成了一堆凸起物

被压扁在地面上

不成样子的皮毛包裹着内脏,成为饼状物体

又过了一天,一场大雨清洗了一切

我路过那里,看见猫的尸体没有了

环卫工人打扫了它

连血迹都被冲刷干净了

那里是一片空无

……

我在他30年的诗里梳理时代发展的痕迹。我找到了，从《上海的早晨》之后，又差不多10年了，我看到他笔下的流浪猫。这首诗的精彩不仅仅在于对我们"处境"的真实描述，更在于对我们内心的揭露。邱华栋以冷静、客观的态度写诗，但诗里一阵阵发紧的情绪随着公路上猫的挣扎而一点点释放，一直到最后快崩溃了。

一首诗里集合了太多的现实痛感，但如何释放呢？邱华栋挣脱了20世纪八九十年代知识分子写作演变而来的词语狂欢，以一种"小说诗"的形式，把他复杂的情绪与现实拉远，保持与现实远距离的写作，现实是一团滚烫之火，但一个诗人唯有小心靠近它又远离它。

这类饱含现实之泪的诗，邱华栋这些年每年都有，是他最让人心碎的一类诗。在互联网突飞猛进的时代，诗歌在慌张、无助中获得了更多的关注与批评，诗人如何坚守自我，如何在诗里发出像那只猫一样的叫声，哪怕最后成为"饼状物体"也要挣扎，这是邱华栋给出的一个问题。

悖　论

邱华栋这30年的诗歌中存在一个悖论：反修辞，同时又在修辞中建造诗歌美学的乌托邦。诗歌在修辞中的传统通过30年被现代性取代，从反修辞中又重建诗歌新人文精神的光辉。

反修辞（节选）

如果你是二十一世纪的一只手电筒
那么我就是大海深处黑暗的道路

如果你是闪烁在绿叶上破碎的光
我就是水，从你的身体内部照亮

……

如果你是天空中的花朵

我就是腐败的根,拒绝在历史里向光明投降

如果你是飘荡着的脸

我就是无边无际的空气

如果你是纷乱的思维,和闪电的纠缠

我就是你背后长大的土堆

……

如果你是女敌人

那么我就是你的男朋友

以血来和解,以死来埋葬玻璃杯

如果你最终将逃离我的掌纹

1992年1月14日

一切从假设开始,但又迅速终于假设。这是邱华栋诗歌的后现代性建构,像古老的偈语,又是时代的象征——"如果你是二十一世纪的一只手电筒／那么我就是大海深处黑暗的道路",自我与他人,理想与地狱,虚幻与现实,在他诗中集中爆发。

邱华栋的诗没有时间的限制与设定,任何时候都可以重回他的历史,就像时间之酒,愈久愈浓烈。读他20世纪八九十年代的作品,我更能看见当下的种种问题,诗是时代的预言,在邱华栋这部诗集里有诗的奥义,但要细细拨开历史的迷雾,才能看清楚诗的肌体原来写满了反修辞的符号。

他建立一个幻象又亲手捣毁它,反修辞在30年的中国现代诗的写作里是一场漫长的革命。我们曾经通过修辞获得了诗歌最初的美好,但我们并不满足于修辞，突破修辞，反修辞，都注定是永恒的悖论。

在悖论中清洗我们内心的淤泥，让诗歌越来越接近真相，这可能是下一个百年新诗要走的路。当然任何预见都是镜中幻影，只是过去的 30 年，一切镜中幻影都像神话一样得到了印证。

邱华栋通过 30 年时间清洗了自我的淤泥，但新的淤泥又在内心堆积，这是现实的痛苦，但诗总要往下写的，"如果你最终将逃离我的掌纹"——对应的悖论他却没有给出，只会在下一个 30 年的时间之镜中出现。

2015 年 2 月 8 日　京东树下斋

| 邱华栋诗歌创作小传 |

1985年，在新疆《昌吉报》上发表诗歌。

1986年，在新疆昌吉州二中就读高中，创办"蓝星"诗社，编辑刻印《蓝星诗报》。

1986年，参加新疆昌吉诗人陈友胜组织的"博格达诗社"，参与编辑《博格达诗报》。

1987年，在《语文报》《中学生文学》等发表多组诗歌。

1988年7月，被破格免试保送到武汉大学中文系就读。

1990年，担任武汉大学《大学生学刊》编委会主任，编辑出版《大学生学刊》文学版以及大学生诗歌专刊。

1991年，担任武汉大学"浪淘石"文学社社长、珞珈诗社社长。组织多次武汉地区高校"樱花诗赛"大型活动。

1991年，漓江出版社出版第一部诗集《从火到水》。

1993年，广西接力出版社出版第二部诗集《花朵与岩石》。

1991年，担任《世界华人诗歌鉴赏大辞典》副主编，山西书海出版社1991年出版。

1992年，参与编辑撰写《世界著名女诗人诗歌鉴赏辞典》。

1992年至今，一直写作诗歌，并陆续在很多报刊发表诗篇400多首。

2007年，编辑撰写诗歌赏析集《世间最美的情诗》，中国青年出版社2007年12月版。

2008年，出版第三部诗集《光之变：邱华栋编年诗选1986—2008》，中国青年出版社2008年12月版。

2013年，与诗人周瑟瑟联合主编《中国诗歌排行榜》2013年卷，百花洲文艺出版社2013年版。

2014年，主编《中国诗歌排行榜》2014年卷，百花洲文艺出版社2014年版。

2015年，出版第四部诗集《光谱：邱华栋三十年诗选（1985—2015）》，长江文艺出版社2015年6月版。主编《中国诗歌排行榜》2015年卷，百花洲文艺出版社2015年版。

2016年，出版第五部诗集、截句集《闪电》，黄山书社2016年6月版。主编《中国诗歌排行榜》2016年卷，百花洲文艺出版社2016年版。

2017年，出版论著《小说家的诗》，江苏凤凰文艺出版社2017年1月版。3月，主编《中国诗歌排行榜》2017年卷，百花洲文艺出版社2017年版。

2018年，与周瑟瑟联合主编《中国诗歌排行榜》2018年卷，百花洲文艺出版社2018年版。

2019年，第六部诗集《邱华栋诗选》（常春藤诗丛之武汉大学卷之一）由太白文艺出版社2019年1月出版。

2020年，与周瑟瑟联合主编《中国诗歌年鉴2019年卷》，宁夏阳光出版社出版。

2021年，出版第七部诗集《编织蓝色星球的大海》由百花文艺出版社出版。诗集《碰到茶喝茶 遇到饭吃饭》中韩对照版在首尔出版。

2023年，第八部诗集《碰到茶喝茶 遇到饭吃饭》由重庆大学出版社出版。

图书在版编目(CIP)数据

碰到茶喝茶，遇到饭吃饭 / 邱华栋著．--重庆：重庆大学出版社，2023.5
（万花筒）
ISBN 978-7-5689-3815-0

Ⅰ．①碰… Ⅱ．①邱… Ⅲ．①诗集-中国-当代 Ⅳ．① I227

中国国家版本馆 CIP 数据核字 (2023) 第 057863 号

碰到茶喝茶，遇到饭吃饭
PENGDAO CHA HECHA YUDAO FAN CHIFAN
邱华栋 著

责任编辑：姚　颖
责任校对：邹　忌
装帧设计：任凌云
责任印制：张　策

重庆大学出版社出版发行
出版人：饶帮华
社址：（401331）重庆市沙坪坝区大学城西路 21 号
网址：http://www.cqup.com.cn
印刷：天津图文方嘉印刷有限公司
开本：787mm×1092mm　1/32　印张：8　字数：112 千
2023 年 5 月第 1 版　2023 年 5 月第 1 次印刷
ISBN 978-7-5689-3815-0 定价：49.00 元

本书如有印刷、装订等质量问题，本社负责调换
版权所有，请勿擅自翻印和用本书制作各类出版物及配套用书，违者必究